노창동의

희망엽서

노창동의

흥망엽서

북치는마을

아침에 눈을 뜨면 컴퓨터를 마주하게 된다. 오래된 노트북이지만 무리 없이 인터넷을 즐길 수 있다. 인터넷상에서 먼저 뉴스를 검색하고 메일을 확인한다. 그러고 나면 페이스북, 다음카페, 홈페이지 등을 살펴본다. 최근에 페이스북을 시작하였는데 꽤 재미있다. 제일 큰 재미는 페이스북을 통해 많은 친구를 사귀게 되었다는 점이다. 부산에 사는 사람도 있고 다른 지역에 사는 사람도 있다. 심지어는 전 세계 곳곳의 친구들을 만날 수 있다.

친구를 사귀는 절차도 너무나 간단하고 쉽다. 사진과 이름을 확인한 후 친구 요청을 한다. 상대방이 수락만 하면 바로 친구가 될 수 있다. 너무 간단하다 보니 실수도 간혹 생긴다. 한번은 일본 사람이 친구 요청을 하였다. 나는 반가운 마음에 수락을 하고 그의 담벼락에 인사말을 남겼다. 그가 나에게 요청하였으니 한글을 아는 줄로 착각한 것이었다. 그래서 한글로 반갑다고 담벼락에 글을 남긴 것이다. 아뿔싸! 그 일본인은 우리말을 전혀 몰랐다. 그는 일본인이지만 영국에 거주하고 있어서 주로 영어를 사용하고 있었다. 그런 실수를 한 뒤로는 외국인 친구를 만나면 반드시 영어로 간단한 인사말을 남기고 있다.

페이스북에서 친구들을 사귀고 대화를 나누는 방식은 제각각이다. 각자의 개성이 여실히 드러난다. 글 쓰는 사람의 나이나 직업 등에 따라 다양하다. 어떤 사람은 간단하게 글을 남기기도 하고 또 어떤 이는 사진을 올리기도 한다. 그러면 거기에 댓글이 수십 개씩 포도송이처럼 달려있기도 한다.

나는 평소 글을 많이 쓰는 편이 아니다. 사실 글재주가 있는 사람이 아니다. 그런데 페이스북에서 많은 친구들을 매일 접하면서 그냥 지나칠수가 없었다. 그래서 인사를 어떻게 할까를 고민했다. 그냥 간단하게 글을 올리는 것이 좋을 것 같기도 했다. 사실 대부분의 사람들이 짧은 글을 선호하고 있었다. 아니면 사진을 올리는 것이 좋을 것이라는 생각도 들었다.

페이스북은 실시간으로 늘 새로운 글이 올라온다. 글을 보고 있는데 새 글이 연이어 뜬다. 여기 저기 계속 이동을 하면서 일하는 내가 새로운 글을 계속 남기는 것은 현실적으로 불가능하다. 호흡이 빠른 글을 잘 쓰지도 못한다. 게다가 순발력 있게 글을 잘 쓴 사람들을 보면 기가 죽어 자신이 생기지 않았다. 그래서 며칠 뒤에 봐도 큰 문제가 없는 글을 쓰는 쪽으로 방향을 틀었다.

몇 차례 글을 올리다 보니 하나의 주제를 가지고 글을 올리는 게 좋겠다는 생각이 들었다. 그런데 글을 쓰려고 하니 주제가 잘 떠오르지 않는 게 아닌가. 막연히 어떤 구상을 하는 것은 쉬운데 실제로 어떤 일을 하려고 하면 힘든 것이다.

이 년 전부터 주변의 지인들과 함께 독서 모임을 만들었다. 한 달에 한 번 모여 책을 읽자는 것이 주된 목표였다. 주변에 보면 여러 모임이 있다. 보통은 한 달에 한 번 월례회를 하고 술을 마시는 게 일반적이다. 그러다 보니 한 달에 며칠은 술을 마시는 모임에 간다. 사실 한 달에 한 번 모여 책을 한 권 읽자는 것은 쉬운 것이 아니다. 주변에 독서 모임이 많이 있는 것으로 알고 있다. 경영이나 처세에 관한 책을 주로 읽는 모임이 많다고 한다. 우리 독서 모임은 역사에 관한 책을 주로 읽고 있다. 처음에 일본사를 읽다가 중국사로 범위를 넓혀 나갔다. 사무라이의 이야기나 막부 시대를 읽으면서 일본을 새롭게 많이 알게 되었다. 서양사를 조금 살펴보다가 지금은 우리 역사를 읽고 있다. 역사에 관한 책을 읽고 있다 보니 자연스럽게 역사에 관심을 많이 갖게 되었다. 그래서 페이스북에도 역사에 관한 글을 많이 올렸다.

우리 역사에서 소재를 하나 찾아내 오늘의 현실에 비추어 재미있는 것이 없을까 한번 생각해 보았다. 이렇게 글을 쓰다 보니 많이 쓸 수는 없었다. 한 면에 하나의 글을 담는다는 것이 쉬운 것은 아니었다. 어떻게 보면 200개 정도의 소재를 가지고 글을 쓴 셈이다. 하나하나 독립된 것이라 임의로 골라 읽어도 된다.

워낙 천학비재라 좋은 글을 쓰지는 못했다. 그래도 재미있다고 하는 페이스북 친구들이 제법 있었다. 아침에 차분하게 생각할 수 있는 글이라고 과분한 격려를 해주신 분들도 있었다. 책으로 묶어 내는 게 어떠냐고 말하는 친구도 있었다. 칭찬에 사람들은 보통 우쭐한다. 격려하기 위해 한 칭찬을 진짜로 착각하여 행동에 옮기게 되었다. 그래서 부족하지만 지금까지의 글을 모아 책을 내기로 하였다.

2012. 여름
노창동

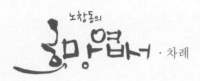

노창동의
홍명엽서 · 차례

매력적인 을불 | 이사금 | 장마 |
당나귀 귀 | 공민왕 지킬박사 | 효
자 순 | 지지불태 | 측천무후 | 황
제와 매춘부 | 말과 왕권 | 나폴레
옹, 반대파 | 클레오파트라 코

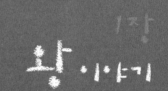

노찬동의 **흥미읽거**

매력적인
을불

매력적인 인물이 가끔 있다.
고구려의 미천왕이 그런 인물 중의 하나이다. 어린 시절, 그는 큰아버지인 봉상왕이 아버지인 돌고를 죽이고 자기마저 죽이려 하자 도망 다닌다. 왕자의 신분에서 거지로 전락해서 한때는 음모란 사람의 머슴살이를 하기도 한다. 그 집에서는 밤에 연못의 개구리가 울지 못하게 돌을 던지는 일을 했다. 또 재모란 인물과 소금 장수를 하다가 어느 노파의 고소로 억울하게 옥에 갇히고 매질을 당한다. 그는 온갖 역경을 극복하고 왕이 된 후에는 낙랑군, 대방군 등을 멸망시켜 고구려 영토를 확장하며 큰 업적을 남긴다. 요동을 두고서 대륙과 정면 대결하는 용기 있는 모습을 보여준다. 그의 용기는 젊은 시절 온갖 고난 속에서 단련되었기 때문이 아닌가 싶다. 우리 시대에도 을불과 같은 매력적인 인물이 많이 나왔으면 좋겠다.

이사금

대통령 **선거**가 점점 **열기**를 **더**하고 있다.

유권자들이 어떤 후보를 선택할지 참 궁금하다. 유권자들은 각자 나름의 기준을 가지고 후보를 선택할 것이다. 후보가 속한 당을 보기도 하고, 후보의 인물됨을 보기도 한다. 옛날 신라 시대에 새 왕을 정할 때 아주 색다른 방법을 사용했던 적이 있다. 왕이 될 수 있는 중요한 기준은 덕이 있는 사람이어야 하는데 누가 덕이 있는 사람인지 판단하는 방법이 재미있다. 덕이 있는 사람은 이가 많다는 것이었다. 그래서 떡을 먹어 보게 했다고 한다. 이가 많은 사람은 떡을 잘 먹는다는 것이다. 이런 방법으로 왕이 된 사람이 3대 노례왕이다. 좋은 일꾼을 뽑는 기준도 가지가지다.

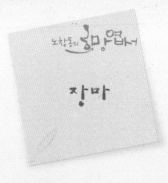

노창동의 희망엽서

장마

장마철이라 비가 갑자기 내리기도 한다.
폭우가 내린 뒤 맑은 하늘이 보이기도 한다. 비 때문에 길을 가는 게 힘
든 경우도 있다. 비 때문에 왕위를 빼앗겼다면 어떨까? 신라 시대 주원
이란 사람이 있었다. 주원은 왕이 될 사람이었다. 선덕여왕이 죽자 신
하들은 주원을 왕으로 추대하기 위해 모시러 간다. 그런데 갑자기 비
가 내린다. 비 때문에 강물이 불어나고 주원은 강을 건너지 못하게 된
다. 신하들은 이것은 하늘의 뜻이라 보고 경신을 원성왕으로 추대한
다. 삼국사기의 이 기록이 사실은 아닌 것 같다. 아마 경신의 반란으로
주원이 왕이 되지 못한 게 아닐까. 주원이 불쌍하다. 비 때문에 왕위를
빼앗겼다니! 장마철 비 때문에 불편한 점이 많다. 비 때문에 주원처럼
강을 건너지 못하는 일은 없을까?

당나귀 귀

어렸을 때 학교에서 임금님 **귀**는 당나귀 **귀**란 이야기를 들었다.
임금님 귀가 엄청 커서 그렇게 부르는 줄 알았다. 그 임금님은 경문왕이
다. 경문왕은 왕족이 아니면서 왕이 되었다. 소위 말해 요즘으로 말하
면, 장가 잘 가서 출세한 경우다. 왕의 사위로서 장인이 죽자 왕이 되었
다. 그러니 왕의 기반이 약했을 것이다. 진골 귀족의 견제도 심했을 것
이다. 정치 개혁을 해보지만 쉽지는 않았다. 그러다가 죽으니 그 다음
정권에서 보는 시선이 곱지 않았을 것이다. 그래서 생각한 것 중에 경문
왕을 가장 형편없는 인간으로 만드는 방법의 하나가 당나귀 귀라고 낙
인찍는 방법이 아니었을까? 왕으로서 업적도 많을 텐데 정치 탄압을 한
나쁜 인간으로 묘사하고 있는 것이다. 경문왕은 귀가 정말 컸을까?

노창동의 **희망엽서**

공민왕
지킬박사

지킬박사와 **하이드**란 소설이 있다.
지킬과 하이드는 같은 사람이다. 존경받는 의사인 지킬은 악마인 하이
드로 변신한다. 인간에게는 누구나 그런 양면적인 성격이 있는 것 같
다. 고려 공민왕을 보면 지킬과 하이드를 보는 것 같다. 공민왕은 처음
에는 배원정책을 기치로 국권 회복에 나선다. 그는 백 년간 지속되어온
원의 지배에 저항하였다. 그의 개혁 정책은 고려 후기에 큰 발자취를 남
긴다. 변발과 호복을 금지하고 원나라의 연호를 폐지한다. 내정간섭기
관인 정동행중서성이문소를 폐지하고, 쌍성총관부를 폐지한다. 그러
던 그가 '하이드'로 변한다. 만삭이던 노국공주가 출산 중 사망한 것이
다. 그는 이때부터 이성을 상실하고 변태성욕도 보이기 시작한다. 끝내
그는 부하에게 살해된다. 어느 것이 공민왕의 본 모습인지 헷갈린다.

효자순

순이라는 **사람**이 있었다.
그의 아버지 고수는 장님이었다. 순의 모친이 세상을 떠나자 고수는
새 아내를 맞이하여 아들 상을 낳았다. 아들 상은 아주 교만하였다. 고
수는 후처가 낳은 상을 편애하여 순을 죽이려고 하였다. 하루는 순에
게 창고에 올라가 벽토를 바르게 하고 아래서 불을 질러 창고를 태워버
렸다. 그러나 순은 두 개의 삿갓을 이용해 창고에서 뛰어내려 살았다.
고수는 순에게 우물을 파게 하고 상과 함께 흙을 퍼부어 우물을 메워버
렸다. 순은 비밀 구멍을 파서 우물에서 살아남았다. 이런데도 순은 아
버지 고수를 섬기고 동생을 사랑하였다. 요임금은 이런 순에게 딸 둘
을 주고 왕권까지 물려준다. 순처럼 지극한 효성과 뛰어난 지혜를 가
진 사람이 또 있을까?

노창동의 희망엽서

지지불태

중국 **수나라 궁궐**의 이야기다.

수양제는 눈앞의 고구려가 눈엣가시였다. 어느 날 그가 고구려를 침공하고 싶다고 했다. 신하들은 극구 말렸다. 고구려는 정복하기도 힘들 뿐 아니라 관리하기도 힘드니 포기해야 한다고 했다. 수양제는 죽기 전에 고구려를 멸망시키고 싶다고 했다. 이 때 한 신하가 노자의 말을 인용하여 전쟁 불가를 주장한다. 만족할 줄 알면 욕을 당하지 않고, 그칠 줄 알면 위태롭지 않게 된다고 했다. 그러나 수양제는 이 말을 무시하고 전쟁을 시작한다. 당시 100만 대군을 동원했다. 군대의 깃발이 1,000리나 되었다고 한다. 그러나 수양제는 고구려의 적수가 못되었다. 그 많은 군대가 살수에서 수장되었다. 그칠 줄 모르면 위험하다는 진리를 요즘의 중국도 여전히 모르고 있는 건지?

측천무후

우리 **역사**를 보면 **신라** 시대에 **여왕**이 있었다.
이웃 중국에도 여제가 있다. 당나라 시절 측천무후가 바로 그 사람이
다. 무측천은 나라이름도 주나라로 바꾸고 독자적인 연호까지 사용하
였다. 강력한 권력을 가진 무서운 황제였다. 그런데 그런 무서운 권력
을 가진 여제도 결국 인간이었다. 이성에게는 한없이 약해지는 어쩔
수 없는 여자였다. 황제 무측천이 좋아한 남자는 떠돌이 장사꾼이었
다. 이 떠돌이를 무측천이 사랑하여 가까운 곳에 백마사란 절도 지어
주고 주지로 임명하였다. 그러고는 계속 사랑을 나누었다고 한다. 남
자든 여자든 사랑에 흔들리지 않을 철인이 있을까?

사람들은 결혼할 때 조건을 많이 따진다고 한다.
그래서 열쇠가 3개니 뭐니 하는 말들이 나온다. 만약 현직 대통령이 매
춘부하고 결혼한다면 어떻게 될까? 이런 엄청난 사건이 로마 제국에
서 있었다고 한다. 로마법 대전을 완성한 유스티니아누스 황제가 바
로 그 사람이다. 그는 떠돌이 악단을 따라다니며 생계를 위해 몸도 팔
았다는 테오도라라는 여성과 혼인을 한다. 그 테오도라가 황제를 위해
결정적 공헌을 한다. 반란이 일어나 왕권을 빼앗길 위기에 처했을 때
왕후의 용기와 결단으로 왕은 그 자리를 보전할 수 있었다고 한다. 그
래서 테오도라와 결혼한 것이 유스티니아누스의 보이지 않는 큰 업적
이란 평가도 있다. 조건이 아닌 사랑을 택할 때 더 큰 것을 얻을 수 있다
는 것을 보여주는 게 아닐까?

· 왕 이야기 ·

말과 왕권

사극을 보면 **병사들이 말**을 타고 **적진**을 향해 달려든다. 말이 없는 전쟁은 생각할 수 없다. 말은 전쟁 뿐만 아니라 여러가지 중요한 일을 해왔다. 그 중 하나가 왕을 결정하는 일이었다. 고대 페르시아의 왕인 캄비세스가 죽은 후 왕을 뽑는 방법을 정했다. 말을 타고 성밖으로 멀리 나가 일출 후 최초로 우는 말의 주인이 왕이 된다는 것이다. 이 때 왕의 후보 가운데 한 사람인 다레이오스에게는 영리한 마부가 있었다. 이 영리한 마부는 수말 한 마리를 끌고 나가 수차례 암말과 닿을 듯 말듯 했다. 수말이 암말의 냄새를 맡으면 흥분하게 훈련을 시킨 것이다. 드디어 왕 후보 6인이 말을 타고 성밖으로 나갔다. 암말이 매여 있던 곳에 다다르자 다레이오스 말이 맨 처음 울었다. 왕위는 다레이오스 것이 되었다. 말이 한 나라의 왕을 뽑다니!

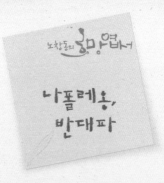

노창동의 **희망엽서**

나폴레옹, 반대파

어릴 때 **나폴레옹**이란 이름을 많이 들었다. 프랑스를 중심으로 유럽의 혁명을 이끈 대단한 인물이다. 코르시카 섬의 그 작은 아이는 책을 많이 읽었다고 한다. 심지어 전쟁터에도 도서관을 달고 다녔다고 한다. 뿐만 아니라 많은 책을 읽고 그 지식을 실제로 적용할 수 있는 능력이 뛰어났다. 사람을 다루는 능력 또한 탁월했다. 그는 오로지 능력에 따라 인재를 발탁했다. 사병도 능력이 되면 바로 장군으로 진급시켰다. 반대파를 다루는 방법도 뛰어났다. 보통은 숙청 등을 통해 일시에 제거해 버린다. 반대파는 일단 골치가 아프니까. 그러나 나폴레옹은 반대파를 자기 사람으로 만들어 버렸다. 자연스레 반대파가 다 없어져 버린 것이다. 반대파를 어떻게 해야 할까?

클레오파트라

코

클레오파트라의 **코**가
조금만 낮았더라면 **역사**가 바뀌었을 **것**이라고 한다.
알렉산드로스 왕이 이집트를 정복한 후 마케도니아 왕조가 세워졌다.
클레오파트라는 이 마케도니아 왕조의 후예라 이집트인과는 피가 달랐다. 당시 이집트는 풍부한 식량과 무역 등으로 부유한 국가였다. 그녀는 이런 경제적 기반을 바탕으로 유럽까지 통합하려는 원대한 꿈을 꾸었다. 그녀의 선조가 살던 마케도니아 땅도 밟아보고 싶었다. 꿈을 이루기 위해 카이사르, 안토니우스 등과 손을 잡는다. 그러나 그녀는 실패했고 이집트는 망했다. 비록 꿈을 이루지는 못했지만 그녀의 코만큼이나 높았던 꿈을 가졌던 클레오파트라! 그래서 그녀가 더 아름다운 것은 아닐까?

2장
사람들 이야기

갈수록 **수명**이 늘어나고 있다.

이제는 평균 수명 100세가 당연한 것으로 이야기되고 있다. 게다가 건강한 노인들도 많다. 달리기도 잘하고 기억력도 좋은 분들이 있다. 우리 고대 고구려 시대에도 그런 분이 있었다니 놀라운 일이다. 명림답부란 고구려의 국상이 그러하다. 그는 차대왕이 너무 나쁜 짓을 많이 하고 백성들의 원성이 자자하자 왕을 폐하기로 결심을 한다. 자신이 직접 왕을 칼로 찔러 죽이고 돌고를 신대왕으로 세운다. 그때 그의 나이가 98세라고 하니 놀랍다. 106세 고령으로 한漢의 침략을 물리친 장군으로도 활약하였다고 한다. 앞으로 고령화 시대에 명림답부가 우리의 모델이 될 수 있지 않을까?

007 영화를 보면 멋진 **첩보원** 제임스 본드가 나온다.

본드 역을 맡은 인물 중 로저 무어가 인상에 남는다. 첨단무기와 뛰어
난 실력으로 적진을 농락하는 주인공에 매료 되었었다. 삼국 시대에는
도림이란 뛰어난 첩보원이 있었다. 도림은 직업이 승려였다. 석학이
었던 그는 바둑 같은 잡기에도 뛰어났다. 도림은 백제를 멸망시킬 임
무를 띠고 파견되었다. 도림은 우선 개로왕과 바둑을 두면서 마음을 사
로잡았다. 그리고는 백제 경제의 파탄을 목적으로 대규모 건설 사업을
하도록 유도한다. 개로왕은 뛰어난 학식을 가진 도림의 말을 무조건 신
뢰한다. 결국 백제는 고구려의 침공을 받고 개로왕은 아차산에서 목이
날아간다. 대규모 건설사업을 유도한 도림의 그림자가 옆에 보인다!

노찬동의 **희망엽서**

단군과 소서노

한 **독서**모임에서 **박노자** 교수의
『**거꾸로 보는 고대사**』를 읽고 **이야기**를 나누었다.
저자는 고대사를 우리의 위대한 역사라고 강조하는 고정관념에 과감
히 칼을 들었다. 그는 우리나라의 뿌리를 어떻게 볼 것인가라는 물음
에 색다른 주장을 한다. 그는 제사장 내지 군주란 뜻의 일반명사로 그
실재를 알 수 없는 단군보다는 고구려, 백제 양쪽에 관련이 있는 소서
노로 우리 문화적 정체성을 확인하자 하는데, 상당히 흥미롭다. 소서
노를 우리 뿌리로 보는 것이 가능할까? 아무튼 그날 모임에서는 단군
보다 소서노의 인기가 훨씬 좋았다.

장보고 하면 **청해진**이 바로 **연상**된다.

장보고는 청해진을 중심으로 성장한 인물이다. 그는 당나라에 건너가 군인으로 입신한다. 귀국 후 신라에 청해진을 설치해 국제 무역을 하여 성공을 거둔다. 청해진에 만든 해상 방위체제도 성공을 거둔다. 군인으로도 사업가로도 모두 성공한 셈이다. 그런 힘을 바탕으로 신무왕 옹립에 일등 공신이 된다. 일등 공신이지만 그의 딸은 왕후가 될 수 없었다. 장사꾼의 딸을 왕후로 할 수 없다는 기득권 세력의 반발에 왕도 동의 할 수밖에 없었다. 골품제 사회에서 벤처 사업가는 설 자리가 없었다. 그는 기득권 세력과 싸웠으나 결국 염장에 의해 피살되고 만다. 장보고가 승리하였다면 우리의 역사는 어떻게 바뀌었을까?

노창동의 희망엽서

다산 정약용

우리 역사에서 **다산**처럼 뛰어난 **인물**이 많지 않다. 일반 사람들은 감히 그의 신발끈도 묶지 못할 큰 인물이다. 수원에 가면 화성이 있다. 정조 때 다산 정약용이 지은 성이다. 튼튼하고도 아름다운 성에 감탄할 뿐이다. 다산은 학문에서도 타의 추종을 불허한다. 시경을 강의한 책도 있다. 다산이 주역을 읽고 해설한 책도 독보적이다. 요즘 같으면 한 분야도 제대로 하기 힘든데 어떻게 이렇게 많은 업적을 남겼을까? 요즘 교육이 쓸데없는 것을 많이 가르치는 것은 아닌지 모르겠다. 교육에도 '선택과 집중'이 필요할 것 같다. 다산 같은 인물이 앞으로 좀 많이 나왔으면 좋겠는데……

덕담조식

아침에 뒷산으로 **등산**을 자주 간다.
조그만 약수터를 중심으로 동네 어른들이 운동도 하고 살아가는 이야
기를 나눈다. 등산길에서 자주 만나는 이웃집 아저씨가 있다. 인자하
시고 담백하신 그 분이 새해 덕담을 건네주신다. 나에게서 남명 조식
같은 이미지가 느껴진다고 한다. 평생을 올곧게 사신 남명 조식을 나
와 비교하다니! 과찬에 낯이 뜨거웠다. 내가 조식 선생과 어찌 비교될
수 있을까마는 그 분은 내가 그렇게 되었으면 하는 마음에서 하시는 말
씀 같다. 남명이란 남쪽에 있는 큰 바다란 뜻이다. 남명이란 호처럼 조
식 선생은 평생을 학문에만 힘쓰며 청렴한 처사로 살다가신 분이었다.
남명 선생의 큰 정신을 생각하며 신년 새벽을 열어본다.

노창동의 희망업바→

조연 태종

드라마를 볼 때 가끔 **조연**이 주연보다 **더** 돋보일 때가 있다.
조연이 연기를 탁월하게 잘하면 드라마가 재미있어진다. 그래서 조연
의 비중도 점점 커진다. 조연이나 주연이나 드라마에 있어선 모두 중
요한 게 사실이다. 태종 이방원은 조선 시대 강력한 왕 가운데 하나였
다. 드라마로 보면 당연히 주연급 배우였다. 그런데 태종은 스스로 조
연의 역할을 훌륭하게 수행했다. 아들 세종이 좋은 정치를 할 수 있도
록 정치 작업을 철저히 했다. 외척이 정치에 관여하는 것을 막기 위해
세종의 장인까지 처형했다. 자신의 신하로 힘을 가진 구신들을 모두
정리해 버린다. 세종은 집현전을 통해 새로운 신하들을 잘 발탁해서
쓰면 되었다. 태종같은 조연이 한 번쯤 있어야 드라마가 좋아지는데.

· 사람들 이야기 ·

성학십도

퇴계 이황은 선조에게 **성학십도**를 바쳤다.

십도는 10개의 그림을 말한다. 왕에게 필요한 내용을 퇴계가 직접 골라 10개의 그림으로 쉽게 표현했다. 이를 병풍으로 만들어 곁에 두고 왕에게 자주 읽어 보라고 했다. 십도 중에 소학도가 있다. 소학은 아이들을 가르치기 위한 글이다. 퇴계는 임금도 이를 알아야 한다고 성학십도에 포함시켰다. 소학을 보면 청소를 잘하라, 대인 관계에서 대답을 잘하라, 가정에서 효도를 잘하라, 모든 행동에서 규범을 벗어나지 말라고 한다. 그리고 여유가 있으면 시를 외우고 글을 쓰고 노래를 부르고 춤을 추되, 분수에 넘치지 않도록 깊이 생각해야 한다고 했다. 이렇게 쉬운 내용을 왕보고 늘 읽어보라고! 그만큼 기초가 중요하다는 뜻일 것이다.

노찬호의 희망엽서

소크라테스와 플라톤

소크라테스와 **플라톤**은
서로 **어울리지 않는 사람**이라고 한다.

소크라테스는 62세 때 20세의 플라톤을 제자로 맞이했다. 우선 소크라테스는 너무 못생겼고 플라톤은 참 잘 생겼다고 한다. 소크라테스의 코는 돼지코처럼 생겼고 대머리였다. 소크라테스는 집안도 보잘 것 없었다. 아버지는 조각가이고 어머니는 산파였다. 반면에 플라톤은 귀족 가문 출신이다. 소크라테스는 밤에 백조가 날아가는 꿈을 꾼 다음 날 플라톤을 제자로 맞이한다. 플라톤은 소크라테스를 보는 순간 어떻게 이렇게 멋진 분이 있냐며 반했다고 한다. 이런 두 사람의 만남으로 위대한 사상이 꽃필 수 있었다. 좋은 친구를 만나야 하는데……. 밤에 백조가 나타나길 기다려야 하나?

어제는 독서 모임이 있었다.

이번에는 에커만이 지은 『괴테와의 대화』를 읽고 토론하는 시간을 가졌다. 에커만은 괴테의 제자로 들어가 오랜 시간 대화를 나눈 사람이다. 그는 괴테를 가장 가까이에서 보고 들은 것을 글로 남겼는데 진솔하고 재미있게 표현하고 있다. 괴테는 알면 알수록 인간적 매력이 넘쳐나는 인물이다. 괴테는 많은 글을 남겼는데 20대에 쓴 『젊은 베르테르의 슬픔』과 죽기 직전 80대에 쓴 『파우스트』가 대표작이라고 한다. 80대에 파우스트를 완성하다니! 한 인간이 마지막 순간까지 온 정열을 쏟아 부으며 산 것이 부러웠다. 모든 것을 긍정적으로 볼 줄 아는 그의 넉넉한 인품을 생각해보는 것도 즐거운 일이었다.

노창동의 흥양엽서

데카르트

점심을 먹고 나면 **졸음**이 엄습할 **때**가 있다.

차를 타고 가면 차 안에서 하염없이 자고 있는 내 모습을 발견한다. 잠을 푹 자는 것만큼 보약이 없다. 위대한 철학자 데카르트는 수면 부족으로 죽었다는 이야기가 있다. 데카르트는 원래 몸이 약해 늦잠을 자는 습관이 있었다고 한다. 그런데 교양 수준이 높은 스웨덴의 크리스티나 여왕이 데카르트를 가정교사로 초빙했다. 여왕의 명령이니 영광스럽기도 했겠다. 여왕은 아침 일찍 일어나는 사람이라 데카르트를 아침 일찍 불렀다. 그 바람에 데카르트는 잠을 제대로 못 자 면역체계가무너져서 죽었다는 것이다. 오래 살기 위해 생활 방식이 비슷한 사람을만나야 하는데 그게 잘 될까?

이탈리아의 **단테**는 신곡을 남겼다.

단테는 신곡에서 지옥, 연옥, 천국을 다녀오면서 본 그곳의 모습을 글로 적었다. 그런데 천국 이야기는 읽지 않아도 좋다고 한다. 왜냐하면 죽어서 천국에 갈 것이니까! 지옥 이야기는 꼭 읽어보라고 한다. 지옥의 비참한 모습을 보고 지옥에는 가지 말아야 하니까. 지옥편을 보면 고리대금업자도 있고, 탐관오리도 있다. 황금 망토를 입은 사기꾼도 있다. 사기꾼의 망토는 화려하지만 그 속은 납으로 되어 있어 무거워 고통스럽다. 지옥에서 가장 고통스러운 밑바닥에는 누가 갈까? 배반자들이 간다고 한다. 조국이나 친구를 배신한 사람들이 간다. 예수를 배신한 가롯 유다나 카이사르를 죽인 브루투스 등이다. 역시 인간 사회에서는 신뢰가 가장 중요한 것 같다.

노창동의 행복한 연애

고디바 부인

고디바 부인이란 그림이 있다.

나체의 여인이 말을 타고 있는 모습이다. 그렇지만 야한 그림은 아니다. 오히려 숭고한 여인의 이야기를 담고 있다. 고디바의 남편은 영국의 영주였다. 그는 참 나쁜 사람이었다. 지나친 세금으로 백성들을 못살게 하였다. 백성들의 원성이 자자했다. 애처로운 백성들을 보고 고디바는 남편인 영주에게 세금을 감해 달라고 요구한다. 계속 간청을 하자 영주는 알몸으로 영지를 한 바퀴 돌면 세금을 감면해 주겠다고 한다. 고디바는 진짜 알몸으로 마을을 한 바퀴 돈다. 마을 주민들은 감동하여 커튼을 내리고 고디바의 알몸을 보지 않았다. 화가는 이런 고디바의 아름다운 마음을 그리고 싶었을 것이다. 고디바는 지금 어디에 있을까?

2 . 13

남자의 자격

역사가 **사마천**은 돈의 **힘**을 가장 **실감**한 사람이다. 그는 흉노족을 토벌하러 갔다가 항복한 이릉 장군을 두둔하였다. 이 때문에 한무제의 분노를 사서 죽을 운명이 되었다. 그런데 당시의 법은 돈이 있으면 사형을 면할 수 있었다. 50만전 정도의 돈이 있어야 하는데 사마천은 없었다. 사마천은 본가, 처가를 다니며 전 재산을 끌어모았으나 필요한 돈의 반도 구할 수 없었다. 그래서 사마천은 최후의 방법으로 궁형을 선택했다. 남자로서 치욕적인 일이다. 돈이 있었다면 사마천은 남자 구실을 할 수 있었을 텐데! 사마천처럼 돈의 위력을 크게 느낀 사람이 있을까? 하지만 그는 엄청난 돈의 위력 앞에 굴복하지 않고 사기란 책을 낳았다. 진정한 남자의 자격을 보여 준 인물이 아닐까?

노참동의 **희망편지**

관포지교

이런 **친구**가 있을까?

동업을 하는데 이익을 더 많이 가져가도 탐욕스럽다고 하지 않는다. 일을 경영하다가 실패해도 시운이 나빴다고 친구를 변호해 준다. 세 번이나 벼슬길에 나섰다가 쫓겨나도 능력이 없다고 흉보지 않고 때를 잘못 만난 것이라 옹호해준다. 세 번 싸움에 나갔다가 도망쳐도 겁쟁이라 하지 않고 그에게는 노모가 있으므로 당연한 것이라고 이해해 준다. 이 사람은 바로 제나라의 재상을 지낸 관중의 친구 포숙아이다. 관중은 춘추전국시대 제나라를 가장 융성하게 만든 재상이다. 그러나 알고 보면 관중은 문제가 많은 인간이었다. 그러나 포숙아가 관중을 큰 인물로 믿고 끝까지 지켜주었기 때문에 관중은 성공하고 역사에 이름을 남길 수 있었다. 친구 사이의 우정이 무엇인가를 다시 생각하게 한다.

2. 15

아는 선배 **한 분**은
페북 친구 **요청**을 받자 **며칠**을 **고민했다고** 한다.
'그냥 승낙을 하는 것은 예의가 아니다. 직접 상대를 만나 식사라도 한
끼 하면서 정중하게 승낙을 하는 것이 맞지 않는가.' 생각했다. 그래서
그분은 상대와 연락을 취한 뒤 실제로 식사를 하면서 페북 친구 승낙을
했다고 한다. 여유와 멋이 있는 분이다. 제나라 맹상군은 친구와 같은
빈객이 3천 명이나 되었다고 한다. 재워주고 먹여주면서 사귄 사람이
그 정도라 한다! 페이스북에 가입하고 많은 친구들을 만나게 된다. 나
이와 지역을 떠나 다양한 친구들을 만나서 즐겁지만 너무 손쉽게 친구
를 사귀는 느낌이다. 가능하면 시간을 내어 친구를 정말 소중하게 대
접하고 싶은 것이 나의 작은 소망이다.

노창동의 희망편지

장건 13년

어떤 **일**을 이루기 위해서는 어느 정도의 **시간**이 필요하다.
한 가지 일을 하는 데 13년이란 긴 시간이 걸릴 수도 있다. 중국 한나라 때 장건은 흉노족을 견제하기 위해 대월지에 사신으로 파견되었다. 그런데 가다가 흉노에 붙잡혀 10년이란 긴 시간동안 살면서 아이까지 낳는다. 도중에 기회를 보아 탈출하여 마침내 대월지에 간다. 장건은 오는 도중 또 흉노에 붙잡히나 탈출에 성공한다. 한무제에게 13년 만에 성과를 보고하고 큰 상을 받는다. 장건은 당대 최고의 유명인이 되었다. 재수, 삼수한다고 기죽을 필요가 있을까? 13년 만에 대박을 치는 사람도 있는데 말이다.

여불위,
기화가거

여불위란 사람이 있다.

춘추전국시대 사람인데 진시황이 천하를 통일하는 데 큰 기여를 하여
재상으로 일생을 마쳤다. 그는 상인으로 유명하였다. 조나라에 인질
로 가 있던 영자 초를 보고 단번에 투자할 가치가 있는 인물이라고 판
단을 한다. 기화가거라고 말하면서 재산의 전부를 걸고 도박을 한다. 여
불위는 영자 초에게 자신의 애첩까지 바친다. 영자 초가 인질에서 풀
려나고 마침내 진나라 왕이 된다. 여불위는 국상이 되어 지금까지 투
자한 것을 다 보상받는다. 여불위는 일개 장사꾼은 아니었던 것 같다.
빈객 3,000여 명을 동원하여 여씨춘추란 책도 편찬했다. 재산을 어떻
게 투자하면 좋을까? 투자의 달인 여불위에게 물어볼까.

노창동의 힘이되는名답서

80세 강태공

얼마 전 모 항공사의 한 **광고** 문구가 **생각난다.** 엎질러진 물을 주워 담을 수 없다는 말이었다. 여러 번 들은 말이지만 그 유래가 궁금하였다. 강태공이 한 말이다. 강태공은 학문에 정진하였으나 알아주는 사람이 없어 불우하게 살았다. 여든 가까이 된 어느 날이었다. 비가 올 것 같자 부인이 강태공에게 보리가 젖지 않게 들여 놓으라고 말한다. 그런데 부인이 집에 오자 보리가 다 젖어있었다. 그러자 부인이 이혼하자며 집을 나간다. 그 후 강태공은 주나라 문왕을 만나 80세에 재상이 된다. 대기만성의 본보기라 할만하다. 부인은 막노동꾼과 살다가 강태공이 재상이 되었다는 소문을 듣고 찾아와 재결합을 요청한다. 이때 강태공은 물을 엎질러 놓고 담아보라고 한다. 80세에 뜻을 이루어도 늦지 않다!

· 사람들 이야기 ·

마라톤과
하루키

무라카미 **하루키**의
『**상실의 시대**』를 재미있게 읽은 적이 있다.
하루키 하면 글을 잘 쓰는 소설가로만 알고 있었다. 그런데 하루키가
매년 풀코스를 완주하는 마라톤 마니아라고 한다. 글을 더 잘 쓰기 위
해 마라톤을 한다고 한다. 나도 최근에 마라톤을 시작했다. 하루키 때
문은 아니다. 주변의 좋은 친구들이 하고 있었기 때문이다. 아직은 걸
음마 단계라서 풀코스를 달리지는 않고 10킬로미터를 주로 달린다. 달
리면서 많은 것을 느낀다. 마라톤에서는 소위 페이스 조절이 중요하
다. 조절에 실패하면 완주할 수 없다. 인생도 마찬가지 아닌가? 페이스
조절을 잘 해야 마지막 순간을 잘 마무리 할 수 있다. 마라톤 하듯이 인
생의 페이스를 조절하면서 마지막까지 즐겁게 달려볼까?

2. 20

차, 전쟁 | **명태** | **홍시** | 담배 | 생
수 | **커피** | 음주운전 | 박카스와
담배 | 엥겔계수 | **과식** | 햄버거
수명 | 몽골인과 신토불이

3장
먹거리 이야기

노창동의 희망엽서

차, 전쟁

차를 마시면 정신이 맑아지는 느낌이 들어 **기분**이 좋아진다.
가능하면 커피를 줄이고 차를 마시려고 한다. 차를 보면 일본의 차 문
화가 생각난다. 옛날 일본에서는 차가 엄청 귀한 것이었다. 무사가 되
어야 마실 수 있었다. 무사의 사회적 신분을 상징하는 것이었다. 전국
시대 오다 노부나가는 가신들을 통제하기 위해 차를 이용했다고 한다.
충성스런 심복에게는 다기 세트를 주고 다회를 열 권리를 주었다. 다다
미방 상석에 앉아 다회를 한 번 열면 대단한 실력자가 되는 것이었다.
무사들은 좋은 다기를 선물 받고 다회를 열 권리를 얻기 위해 목숨을 걸
었다. 일본은 차를 마시며 전쟁을 생각했다. 우리 조상들은 차를 마시
며 시를 노래했다. 같은 차를 앞에 두고서도 한국과 일본은 참 달랐다.

명태

학교 다닐 **때** 성악가의 멋진 **목소리**로 **명태**란 노래를 들었다. 노래 제목이 명태라고? 제목과 가사가 좀 특이하다고 생각했지만 웃고 즐길 수 있었다. 명태는 여러 가지 이름으로 불린다. 황태, 북어, 동태 등으로 불린다. 명태란 이름의 유래는 이렇다. 명천이란 곳의 태씨 어부가 잡은 고기라서 앞글자를 따서 명태라고 불렀다는 전설이 있다. 북어라고 부르는 이유는 북방 바다에서 잡은 고기라서 그렇게 불렀다고 한다. 얼린 명태를 동태라고 한다. 이 명태는 조선 시대 처음으로 잡히기 시작하여 서민들의 밥상에서 영양 보충을 해 준 기특한 녀석이다. 동태찌개를 앞에 두고 있으면 마음이 푸근해진다. 패스트푸드가 판을 치는 요즘, 오늘만큼은 동태찌개와 함께 하는 것이 어떨지?

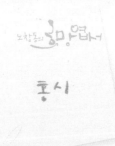

노창동의 희망엽서

홍시

친구 사무실에 가면 **홍시**가 그려진 액자가 있다. 잘 익은 감을 먹음직스럽게 그렸다. 수확을 앞둔 가을의 풍요로움을 느끼게 하는 그림으로 보였다. 그런데 그림의 감[홍시]에 대해 재미있는 의미가 있다는 것을 최근에 알았다. 감을 한자로 '시'로 읽는다. 시柿 자를 보면 나무목 자와 저자시 자로 되어 있다. 저자의 의미를 가진 나무다. 저자란 사람이 많이 오가는 곳이다. 그래서 홍시에는 저자에 사람이 많이 오가는 것처럼 가게에 손님이 많이 오기를 기원하는 뜻이 있는 것이다. 개업하는 가게에 손님이 많이 오고 장사가 잘되는 것만큼 좋은 일이 어디 있을까? 요즘은 그림을 볼 때마다 그림에 감춰진 의미가 무엇일까를 한번 생각해본다.

담배

담배가 조선 시대에 들어온 이후 급속도로 **보급**되었다. 남녀노소를 막론하고 담배를 피우게 되었다. 옛날 그림을 보면 담뱃대를 들고 있는 여성들이 자주 등장한다. 당시 기생들은 담배 피우는 것을 멋으로 생각한 듯하다. 조선 시대에도 흡연이 사회적 문제가 되었던 것 같다. 담뱃값을 인상하자는 민의가 많다. 담뱃값을 올리면 흡연율이 줄어든다고 보기 때문이다. 담배는 폐암을 유발한다고 하는데, 간접흡연이 더욱 해롭다고 의사들이 말한다. 이 말은 담배를 피우는 사람보다 옆 사람이 죽을 확률이 더 높다는 이야기다. 담배를 전혀 피우지 않는데, 앞에 담배를 피우며 걸어가는 사람이 있으면 어떻게 하면 좋을까? 간접흡연에서 해방되는 방법은 없을까?

노창동의 희망엽서

생수

우리는 **휴대폰**, 가전제품,
자동차 등을 수출해서 **달러**를 벌고 있다.

휴대폰은 세계 최고 수준이다. 이렇게 수출한 돈으로 생수를 수입하는 데 엄청난 돈을 쓰고 있다면 이해가 될까? 생수의 가격이 얼마나 될까? 생수의 수입 가격이 1리터에 평균 907원 정도로 원유가격에 비해 2배쯤 비싸다고 한다. 수돗물 가격에 비해서는 3천 배 정도 비싸다고 하니 기겁할 정도이다. 이 비싼 생수의 수입이 작년에 급증했다고 한다. 건강에 대한 관심이 늘면서 수요도 많이 늘어난 것으로 보인다. 비싼 수입 생수를 먹으면 건강에 얼마나 도움이 되는지 모르겠다. 저는 수돗물만 먹고 살지만 건강에 아직 이상이 없습니다. 아니 몇 년 전보다 건강이 더 좋아졌습니다.

커피

날씨가 좀 흐린 날에는 **커피** 한 잔 마시는 것을 좋아한다. 은은한 커피 향과 따끈한 맛이 우울한 분위기를 한 번에 날려버리기 때문이다. 그런데 일 때문에 커피를 마시는 경우가 많다. 사람을 만날 때마다 커피를 한 잔 한다. 그런데 약속이 많은 날은 하루에 커피 대여섯 잔을 마실 때가 있다. 응접할 때 커피를 대접하는 것이 우리 문화가 되어버렸기 때문이다. 이러다보니 작년 우리나라 10대 수입 소비상품 중 커피가 2위를 차지했다. 올해는 커피보다 국산 녹차를 많이 마시려고 노력해보는데 맘처럼 쉽지가 않다.

음주운전

옛날 중국 **한**나라 시절에도 **교통**단속이 있었다고 한다.
당시에는 말을 타고 성에 들어갔다. 그런데 돈이 없는 관리들은 힘이
좋은 수말을 살 형편이 되지 못해 암말을 타고 입성하곤 했다. 그런데
암말을 타고 가는 게 큰 문제가 되었다. 갑자기 암말이 나타나면 수말
들이 흥분하여 날뛰기 시작하고 도로가 엉망진창이 되었기 때문이다.
그래서 당시에는 암말을 타고 입성하는 것을 금지하는 법이 있었다고
한다. 요즘의 음주운전과 비슷한 사회문제였던 것 같다. 주변에 과일
장사를 하는 분이 음주운전으로 면허 취소가 되었다. 그분은 초상집
에 가서 술을 한 잔 한 것이 원인이 되었다. 음주운전을 한 것은 잘못이
지만 생계의 가장 중요한 수단인 운전을 못해 너무 큰 어려움을 당하니
안타깝다. 금주법을 만들 수도 없고⋯⋯.

박카스와 담배

박카스를 가끔 마신다.

보통 박스로 사서 여럿이 마실 때가 있다. 마시면 왠지 모르게 힘이 불끈 솟는 느낌이다. 어릴 때부터 그런 느낌을 가져서인지 지금도 좋은 느낌을 가지고 있다. 약국에서 팔던 박카스를 슈퍼에서 팔기로 했다. 약국에서 난리가 났다. 약국의 효자 상품 하나가 사라지니 보통 큰 문제가 아니다. 그런데 박카스가 약에 속하는지는 잘 모르겠다. 더 이상한 게 있다. 담배가 그것이다. 마약은 의사의 처방을 받아 약국에서 겨우 살 수 있다. 그런데 담배는 마약보다 더 나쁘다고 한다. 담배를 피우면 본인도 문제지만 옆 사람에게 더 피해를 준다고 한다. 그런데 이런 담배를 골목에서 마구 살 수 있다. 담배는 왜 약국에서 팔지 않을까?

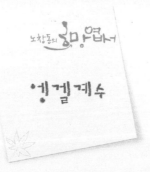
노창동의 **희망엽서**

엥겔계수

소비지출 중에서

음식비로 얼마나 지출하는지를 **비교**한 글이 있다.

가계소비지출 중 음식비 지출로 비교해 보면 선진국과 후진국은 엄청
난 차이를 보이고 있다. 잘사는 미국은 7% 정도를 음식비에 지출한다
고 한다. 유럽은 9% 정도 되는데 비해 나이지리아는 무려 40% 정도나
된다. 케냐는 45%나 되고 아시아 지역의 인도네시아도 43%나 된다고
한다. 잘사는 나라는 소득이 많으므로 조금만 지출해도 풍족히 먹을
수 있고, 못사는 나라는 소득의 반 정도를 지출해도 제대로 먹지 못하
는 실정이다. 잘사는 나라는 비만으로 고통 받고 있고, 못사는 나라는
기아선상에서 고통 받다 굶어 죽는 실정이다. 기아 대책과 비만 퇴치
는 동전의 양면이 아닐까?

과식

연말이 되면 **송년** 모임이 **자주** 있다.
하루에 두세 군데 있을 때도 있다. 어딜 가나 꼭 식사를 하게 된다. 송년
모임은 평소보다 음식이 푸짐하게 나오는 것이 보통이다. 준비하는 측
이 특별히 신경을 더 쓰기 때문이다. 반갑게 인사하고 편한 마음으로 먹
다 보면 과식을 하기 십상이다. 과식을 하게 되면 다음 날 몸이 무겁고
기분이 상쾌하지 않다. 그래서 송년 모임에 가기 전에 음식을 절제하겠
다는 비장한(?) 서약을 마음속으로 한다. 음식이 없어 못 먹는 사람들
을 생각하면 과식은 부끄러운 이야기다. 이번 주에 반가운 동창 모임이
줄지어 기다리고 있다. 좋은 사람들과 마음만 배불리 채워 와야겠다.

3. 10

노창동의 희망엽서

햄버거 수명

햄버거를 좋아하시는지?

햄버거는 간편하게 먹을 수 있는 장점이 있다. 길거리에서 먹을 수 있을 정도로 휴대성이 뛰어나다. 한번 중독 되면 끊기가 쉽지 않다. 개인적으로는 패스트푸드가 몸에 좋지 않다고 생각해 평소에는 햄버거를 거의 먹지 않는다. 의사인 친구는 보름에 한 번 정도 패스트푸드를 먹는 것은 건강에는 문제가 없을 거라고 이야기를 하지만 영 마음이 내키지 않는다. 일본의 장수 마을도 맥도날드가 들어온 이후 평균수명이 줄었다는 통계가 있다고 한다. 요즘 아이들을 보면 점점 몸이 뚱뚱해지고 있다. 햄버거가 여기에 큰 영향을 주지 않았나 싶다. 햄버거보다는 우리 밥이 좋다는 것을 아이들에게 어떻게 알려줄 수 있을까?

몽골인과 신토불이

IT 계통의 사업을 하는 친구가 있다.

어느 날 몽골 쪽에서 사람들이 왔다고 한다. 그들을 대접하기 위해 가까운 곳에 있는 최고의 뷔페 식당을 예약했다. 그리고 그들을 모시고 뷔페에 갔는데 그들이 수저를 들지 않고 가만히 있는 것이 아닌가! 부산에서만 볼 수 있는 싱싱한 회가 식탁에 잔뜩 올라와 있는데도 말이다. 그 친구가 몽골인 손님에게 왜 먹지 않느냐고 물었다. 몽골은 내륙지역이라 바다가 없다. 그래서 지금까지 회를 먹어본 적이 없어서 회맛을 알지 못한다는 것이다. 그럼 무엇이 가장 먹고 싶으냐고 몽골인에게 물으니 돼지고기가 먹고 싶다고 한다. 삼겹살을 대접하니 최고의 요리라며 좋아했다고 한다. 신토불이라는 말이 있다. 음식은 자기 땅에 나는 것이 역시 최고야!

호랑이 | 남자의 유형 | 구운몽 | 성황당 순이 | 동심초, 번역 | 나그네 | 백석 | 망각의 강 | 눈먼 자들의 도시 | 흑선풍 이규 | 송강 리더십 | 덕혜옹주 | 『A』하성란 | 페넬로페 | 톨스토이 땅 | 동래 학춤 | 한류, 케이팝 | 영화 | 이기대 | 오디세우스 유혹

4장

문학과 예술 이야기

호랑이

연암 **박지원**의 호질을 보면 **통쾌**하다.

호랑이를 통해 양반 사회를 향해 질책을 하고 있다. 호랑이가 그만큼
우리하고 가까이 지냈다는 이야기다. 호랑이는 그림에도 자주 등장하
여 용맹의 상징처럼 여겨졌다. 늘 당당한 모습으로 각인되어 있다. 큰
호랑이는 죽은 고기를 먹지 않는다고 한다. 그만큼 자존심이 센 동물
이다. 그런데 이 콧대 높은 호랑이도 배가 고프면 어쩔 수 없나 보다. 배
고픈 호랑이 고자 가리지 않는다고 했다. 배고픈 사람들의 심정을 이
렇게 재미있게 표현할 수가 있을까 싶다. 주변에 절박한 사람들을 많
이 본다. 배고픈 호랑이 생각이 난다.

남자의 유형

조선 **기생들**이 쓴 글을 번역한 **책**에 재미있는 **구절**이 있다. 기생들이 남자를 5가지 유형으로 구분하였다. 애부, 정부, 미망, 화간, 치애가 그것이다. 불쌍하여 동정심이 드는 남자를 애부라 하고, 돈 많고 풍채 좋은 남자를 정부라 하고, 서로 그리워하면서도 만나지 못하는 남자를 미망이라 하고, 여자를 지성으로 섬기는 남자를 화간이라 하며, 기생에게 미혹된 바보 같은 남자를 치애라고 하였다. 그 중 기생이 좋아하는 남자는 돈 많은 남자라고 한다. 그러나 미망인 남자가 많지 않을까? 미망의 전형으로 앵앵전에 나오는 장군서를 들고 있다. 장군서는 곤경에 처한 최앵앵 모녀를 도와주면서 최앵앵과 사랑에 빠진다. 그러나 그들은 서로 사랑하면서도 진정을 고백하지 못한다. 그러고 나서 결국 다른 사람과 결혼하는 슬픈 이야기다.

노창동의 희망연서

구운몽

구름은 9층으로 되어 **있다**고 한다.

이것을 어떻게 알았는지 서포 김만중은 구운몽이란 소설을 썼다. 참 재미있게 읽었다. 그러나 내용을 읽어 보면 그리 쉬운 책은 아니다. 저자가 워낙 박식한 사람이라 내용이 섬세하면서도 깊이가 있다. 그 중에 탁문군과 사마상여의 이야기가 나온다. 사마상여는 중국 한나라 시대의 사람으로 탁문군과는 전혀 어울릴 수 없는 사람이었다. 사마상여는 노숙자와 같은 사람이고 탁문군은 지금의 철강 재벌 집 딸로 글솜씨가 뛰어났다고 한다. 사마상여가 녹기금이란 거문고로 봉황곡을 부르며 탁문군을 꼬시는 내용을 보면 재미있다. 이천 년 전의 이런 멋진 사랑이야기도 구운몽에서 볼 수 있으니 정말 즐겁다.

성황당 순이

고려 시대 **성황 신앙**이 있었다.

성황당은 서낭당이라고도 한다. 성은 산성을 뜻한다. 성을 방어하기 위해 성 밑에 깊이 판 땅을 호라 하고, 여기에 물을 채워 적이 성안으로 못 오게 한 것을 황이라 한다. 즉 황은 성 앞에 깊이 파 놓은 것을 말한다. 성황신이라는 것은 마을을 지켜주는 신을 뜻한다. 성황 신앙은 고려 시대부터 퍼지기 시작했다. 조선 시대에는 유교적 질서가 강한 사회라 무속신앙인 성황신은 많이 약화되기도 했다. 정비석의 『성황당』이라는 소설이 있다. 성황당을 중심으로 여주인공 순이를 둘러싼 남자들의 사랑과 자연애를 다루고 있다. 세속에 물들지 않는 순이를 보면 참 아름답다. 시골의 성황당을 보면 돈보다 사랑을 택한 아름다운 순이를 생각해 본다. 그 많던 순이는 어디로 갔을까?

동심초, 번역

꽃잎은 하염없이 **바람**에 지고…….

동심초 노래를 가끔 부른다. 가사가 애절하면서도 아름답다. 워낙 아름다운 우리말로 되어 있어 우리나라 시인 줄 알았다. 그런데 이 가사는 중국의 「춘망사」란 시의 일부분이다. 설도란 시인이 쓴 시를 김소월 시인의 스승인 김억 시인이 번역한 것이다. 번역을 이렇게 잘 할 수도 있구나 감탄했다. 「춘망사」란 시도 훌륭하지만 번역한 「동심초」도 완전히 다른 하나의 시로 너무 훌륭하다. 전문가들이 번역한 것을 가끔 보는데 무슨 말인지 알 수 없을 때가 있다. 번역자가 우리말을 잘 모르기 때문에 그런 번역을 하는 것이 아닌가 싶다. 아름답고 멋진 우리말을 정확히 사용했으면 좋겠다. 그래야 하고 싶은 말을 제대로 살릴 수 있을 테니까.

나그네

'강나루 건너서 밀밭 길을 구름에 달 가듯이 가는 나그네'라는 구절이 들어있는 「나그네」란 시를 학교에서 배웠다.

이 시를 읽고 있으면 방랑 시인 김삿갓이 된 듯한 느낌이 들기도 한다. 이 시를 읽는 동안은 세상의 복잡다단한 일에서 벗어나 잠시나마 평안해진다. '인생은 나그네'란 노래가 있다. 적절한 표현이다. 인생은 나그네처럼 살아야 한다. 나그네는 어떤 생활을 할까? 많이 소유할 수 없다. 길을 계속 가는데 짐이 많아서는 갈 수가 없다. 그래서 성경에는 두벌옷도 가지지 말고 떠나라는 말이 있다. 옷도 그렇고 집도 그렇고 많이 소유할 필요가 없다. 그런데 주변에서 보면 영원히 이 땅에 살 것처럼 소유하는 사람들이 많다. 너무 많이 소유하고 너무 많이 먹는다. 그러다 병날라.

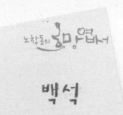

노창동의 희망엽서

백석

시인 **이상**과 **백석**을 좋아한다.
백석이란 호가 범상치 않다는 느낌을 준다. 사실 백석은 외모부터 아
주 뛰어났다. 준수한 외모에 패션 감각도 뛰어나 시대를 이끌어가는
선구자였다고 한다. 헤어스타일은 지금 사람도 대담하다고 느낄 정도
로 독특했다. 그런 백석이 우리말을 가장 아름답게 사용하여 시를 지
었다. 백석의 「석양」이란 시를 보면 웃음이 난다.

거리는 장날이다 장날거리에 녕감들이 지나간다 녕감들은 말상을 하였다
범상을 하였다 쪽재피상을 하였다 개발코를 하였다 안장코를 하였다
질병코를 하였다 그 코에 모두 학실을 썼다.

어쩌면 이렇게 우리말을 정겹게 사용할 수 있을까? 오늘은 백석의 시
한 편 읽으며 하루를 보내는 건 어떨까?

4·7

망각의 강

죽으면 어떻게 될까?

죽은 뒤의 모습을 알 수가 없다. 그러니 여러 가지 상상을 하게 된다. 고대 그리스 사람들은 아주 재미있는 상상의 날개를 폈다. 죽으면 저 승으로 가는데 5개의 강을 건넌다고 믿었다. 강을 건너기 위해서는 배 를 타고 가야 한다. 뱃사공 카론은 독점 사업을 하고 있다. 기분 나쁘면 배를 태워 주지 않을 수도 있다. 뱃사공 카론에게 잘 보이기 위해 적당 한 뇌물을 주어야 한다. 죽어서도 뇌물이 필요하다. 비통의 강, 시름의 강, 불의 강, 증오의 강을 차례로 건너간다. 마지막 망각의 강인 레테를 건너면서 이승에서의 모든 괴로움을 잊게 된다. 레테 강을 건너면 망 각할 수 있다고? 망각할 게 많은데, 지금 레테 강을 건널 수는 없고?

눈먼 자들의 도시

몸이 천 냥이면 눈은 구백 냥이란 **말**이 있다.

그만큼 우리 몸에서 눈이 중요하다는 말이다. 어느 날 갑자기 실명이
된다면 어떻게 될까? 전염병이 돌듯이 모든 사람이 실명이 된다면 어
떻게 될까? 노벨 문학상을 받은 사라마구는 『눈먼 자들의 도시』를 통
해 어느 날 갑자기 모든 사람들이 실명이 되는 사회를 그린다. 그 중에
단 한 사람만은 세상을 볼 수 있다. 그런 사회에서 폭력이 난무하고 인
권은 사라진다. 생존을 위한 극한 상황에 처해지는 모습을 보여준다.
우리가 가진 모든 기득권을 잃어버리는 모습을 통해 우리의 자유를 생
각하게 해 준다. 눈을 크게 뜨고 살아야겠다. 눈을 감고 있을 때 우리의
소중한 자유와 인권을 누가 몰래 훔쳐갈지 모르니까.

『**삼국지**』를 읽으면 **장비**가 나온다.

무식하면서도 힘이 천하장사다. 의리가 뛰어나 주군을 위해 목숨을 바친다. 『삼국지』에 장비가 있으면 『수호지』에는 흑선풍 이규가 있다. 얼굴이 검어 흑선풍이라 한다. 그가 쌍칼을 차고 싸움을 하면 백전백승이다. 천하의 흑선풍이지만 물에서는 재주가 없어 물에 능한 장순에게 유일하게 패배한다. 무시무시한 장수 이규도 어머니 앞에서는 놀라운 효심을 보여 준다. 어머니를 업고 기풍령 고개를 넘다가 호랑이에게 어머니를 잃고 만다. 혼자서도 넘기 힘든 고개를 사람을 업고 가다니! 그래도 어머니를 업고 간다는 즐거움에 힘든 줄 몰랐겠다. 요즘에는 어머니를 업고 다닐 일은 없다. 그렇다면 어떻게 어머니를 즐겁게 해 드릴까?

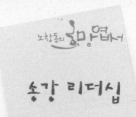

노창동의 희망엽서

송강 리더십

학교 다닐 때 『삼국지』를 여러 번 읽었다. 조조, 유비, 관우, 제갈량 등 삼국의 영웅 이야기를 읽으며 밤을 지새운 적도 있었다. 『삼국지』 못지않게 다양한 인물들이 나오는 소설이 『수호지』이다. 송강을 비롯하여 이규, 조개 등 108명의 인물들을 만날 수 있다. 중국인들은 이 중에서 송강을 아주 좋아한다고 한다. 송강은 별명이 급시우라고 한다. 때맞춰 내리는 비란 뜻이다. 송강은 지극히 무능하지만 자기 재능을 타인과 비교하지 않는다. 그러니 열등감이 없다. 자기보다 못한 인물에게도 늘 자리를 양보한다. 그러나 결국 수령 자리는 송강에게 돌아온다. 양보하며 포용하는 송강의 리더십은 어떠한가?

덕혜옹주

소설 『덕혜옹주』 독서 토론회에 갔다.

조선의 마지막 공주 비운의 덕혜옹주! 작가는 조선왕조 사진 한 장에서 영감을 얻어 소설을 썼다고 한다. 옹주가 학교 다닐 때의 사진인데 흥미롭다. 덕혜옹주는 키가 작은 편인데 앉은키가 아주 커 보인다. 교실에 앉은 사람 중 키가 가장 커 보인다. 분명 이상한 일이다. 알고 보니 높은 방석을 깔고 앉은 것이다. 왕족은 평민들과 같은 높이로 앉을 수 없다는 예법에 따른 것이라고 한다. 그런 사진 한 장을 보고 역사에서 소외된 인물에 생명을 불어넣은 작가의 상상력이 부럽다. 작가처럼 죽은 사람을 살리는 재주는 없고, 살아 있는 이웃에게 좀 더 관심을 가져야겠다.

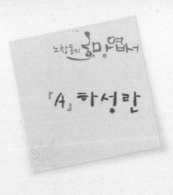

노창동의 **힝양엽서**

『A』하성란

소설가 하성란씨를 만났다.

최근 에이(『A』)란 소설을 출간하고 부산에 내려온 것이다. 『A』는 32명이 집단 자살한 오대양 사건을 모티브로 한 작품이다. 독자와의 대화 후 열린 뒤풀이 자리에 참석했다. 인사를 하면서 명함을 주니 나더러 거제 출신이냐고 물었다. 내가 나온 초등학교가 거제도에 있는 것으로 착각한 모양이었다. 한글은 같지만 한자는 다른 부산의 학교인데 사람들은 보통 착각을 한다. 그녀는 거제도에 사는 친척이 생각난다고 했다. 섬세하고 세밀한 묘사를 잘하는 그녀의 글이 재미있다. 독자에게 사랑받는 좋은 문학작품이 계속 나오기를 기대해본다.

페넬로페

기다린다는 것은 고통스러운 **것**이다.
대학 입시를 앞두고 있는 수험생은 시험일이 하루하루 다가올수록 피
가 마른다. 군에 있는 장병은 달력에 하루하루 가위표를 해가며 전역
일을 기다린다. 기다리는 날이 정해져 있으면 그래도 좋다. 언제인지
도 모르는 그날을 기다린다면 얼마나 힘이 들까? 전쟁터에 나간 남편
을 기다리는 사람의 마음은 어떨까? 호메로스의 『오디세이아』를 읽으
면 오디세이아를 기다리는 페넬로페의 이야기가 나온다. 남편을 기다
리며 페넬로페가 낮에는 베를 짠다. 밤이 되면 낮에 짠 베를 다시 풀어
버린다. 이렇게 하기를 이십여 년. 마침내 남편이 돌아온다. 페넬로페
에겐 베를 짜는 것이 남편이자 희망이었다. 나도 페넬로페처럼 희망을
기다리며 날마다 베를 짜고 푼다.

4 · 14

톨스토이 땅

톨스토이의 『부활』을 읽고 많은 사람이 큰 감동을 받았다. 톨스토이의 작품 중에 땅에 관한 단편이 있다. 우화이지만 큰 감동을 준다. 땅에 관한 이야기다. 하루 종일 발로 밟은 땅을 다 주는 대신 반드시 출발점으로 돌아와야 하는 원칙이 있었다. 그래서 파홈이란 사람은 아침 일찍부터 죽기 살기로 땅을 밟으며 걸었다. 하지만 너무 멀리 가서 해가 질 무렵 출발점으로 돌아오다 죽고 만다. 땅을 갖기 위해 무리하게 욕심을 내다가 결국 자기 몸뚱아리가 들어갈 땅만 갖게 된다. 묘비명에는 땅 한 평을 사기 위해 목숨을 걸었다고 되어 있다. 영국의 로크는 자기가 즐기는 데 필요한 만큼만 땅을 가져야 한다고 했다. 우리 사회에 파홈의 후예가 얼마나 많을까?

동래 학춤

고등학교 **때** 선생님이 동래 **학춤**을 추는 것을 보았다.
반주자가 장구를 치고 선생님께서 춤을 추시는데 멋있었다. 갓 쓰고 도
포 입고 춤을 춘다. 양손을 너울거리며 날아가는 듯한 춤사위도 있고,
날개를 오므리는 모습의 사위도 있다. 발을 들고 서 있는 사위도 있다.
모두가 영락없는 학의 모습으로 멋이 있다. 부산과 학은 무슨 관련이 있
을까? 요즘은 부산 갈매기가 부산의 대표적인 새처럼 여겨진다. 그런
데 부산은 학의 도시이기도 하다. 학처럼 고고하고 운치가 있는 모습을
부산 사람들은 예부터 좋아했나 보다. 화려하지 않고 소박하지만 여유
가 있는 모습. 선비의 모습을 닮은 학춤을 보면서 선비처럼 살아보자.

노창동의 **희망엽서**

한류, 케이팝

어릴 때 **팝송**을 **열심히** 불렀다.

팝송을 알아야 유식하다는 분위기 때문에 팝송을 좋아했다. 비틀즈의 '렛잇비'가 그런 노래다. 몇 년 전에 한류란 말이 생겼다. 우리나라 대중문화에 대해 외국인들이 열광하는 것을 말한다. 아시아나 중동 지역에서 한국 드라마를 보는 사람이 꽤 많다고 한다. '겨울 연가', '대장금' 등이 그런 한류 열풍을 일으킨 드라마들이다. 이제는 '케이팝'을 통해 유럽의 중심 프랑스에도 한류 바람이 불고 있다. '케이팝'이란 것이 비즈니스에 의해 철저히 기획되고 만들어진 것이라 문제점도 없지 않다. 그러나 외국인이 춤추고 노래하면서 한국을 쉽게 만날 수 있는 장점도 있다. '케이팝'을 필두로 해서 우리 문화의 진면목들이 외국에 잘 알려졌으면 좋겠다.

영화

대학에서 **학생들**을 가르치면서 **영화**를 만드는 **양영철** 감독이 이번 **부산 국제 영화제**에 '**수상한 이웃들**'을 출품했다.

부산 기장을 무대로 구수한 부산 사투리와 부산 사람의 급한 성격 등을 코믹하게 그린 것이다. 저예산으로 영화를 만드는 게 정말 어렵다는 것을 양 감독한테서 자주 들었다. 그런데 이 작품이 저예산 영화이다. 양 감독의 대표작은 '박대박'이다. 전도연 주연의 영화인데 오래 전의 것이라 이제 기억이 가물가물하다. 그 뒤 중간 중간 다큐멘터리 영화들을 선보였는데 이번에 제대로 영화를 만들었다. '수상한 이웃들'을 보면 반전을 거듭하는 블랙 코미디가 일품이다. 담백한 성격의 양 감독에게 그런 면이 있는 줄 누가 알았겠는가? 그 친구 덕분에 정말 즐거운 시간을 보낼 수 있었다.

4 · 18

이기대

부산 사람들이 좋아하는 곳으로
'**해운대**', '**태종대**', '**이기대**' 등이 있다.
이 지명은 모두 사람과 관련이 있다. 해운대는 최치원의 호를 딴 것이
고, 태종대는 조선 태종의 이름을 딴 것이다. 이기대의 이기는 두 명의
기생을 말한다. 논개처럼 기생 두 명이 왜장과 함께 이곳에서 죽었다
는 이야기가 전해오고 있다. 그 충절을 기념하기 위해 이곳 바위에 이
기대란 글자를 조각을 해놓았다. 그런데 학자들은 두 명의 기생이 나
라를 위해 왜군의 장수와 함께 투신했다는 사실을 인정하지 않는다.
구체적인 이름이 없기 때문이다. 사실이 아니라고 한들 무슨 문제가
될까? '이기대'의 경치는 너무 아름답다. 해운대 영화의 한 장면으로
나오기도 한다. 충절을 가진 기생을 생각하며 '이기대' 해안을 즐겁게
걸으면 되지 않을까?

오디세우스 유혹

『호메로스』의 오디세우스를 보면 **항해**를 하면서 여러 가지 **큰** 고난을 만난다. 고난이 바로 눈에 보이는 경우가 있다. 거인족 퀴클롭스는 우선 공포심을 준다. 적이 확실하니 쉽다. 예쁜 여자들이 유혹하는 경우가 있다. 세이렌 자매가 그들이다. 아름다운 노랫소리로 지나가는 선원들을 유혹한다. 긴 항해에 지친 선원들은 그 노랫소리에 넘어가면 난파하고 익사한다. 그래서 오디세우스는 꾀를 쓴다. 동료들의 귀를 밀랍으로 막고 자신의 몸을 돛대에 묶고 세이렌 자매의 노래를 듣는다. 칼립소는 오디세우스를 남편으로 삼기 위해 빈 동굴에다 붙잡아두고 그에게 영원히 늙음도 죽음도 모르게 해주겠다면서 유혹한다. 이런 유혹에 견딜 남자가 몇이나 있을까?

5장

봄 이야기

노창동의 희망편지

검수, 검은 얼굴

백성을 일컫는 말로 **검수**란 말이 있었다.
검수의 '검'은 검정색을 말하고 '수'는 머리를 말한다. 농사를 짓다보니 얼굴이 햇볕에 그을려서 몹시 검었기 때문에 검수라고 했다. 검은 두건을 썼기 때문이라는 이야기도 있으나 검은 얼굴이 맞지 않나 싶다. 조선 시대의 사진을 가끔 볼 수 있다. 남자들은 흰 색의 바지저고리를 입고 있는데 얼굴은 정말 검다. 어떻게 보면 흑인이라고 해도 될 만큼 검다. 그에 비하면 요즘 우리나라 사람들의 얼굴은 희다. 여자들의 경우는 햇볕도 안보고 좋은 화장품을 사용하니 백인처럼 희다. 피부가 너무 희다 보니 가끔 선탠을 하기도 한다. 예쁘게 피부를 태우려고 애쓴다. 옛날 선조가 지금 우리의 모습을 보면 뭐라고 할까? 이 흰 얼굴이 내 손자 맞나? 고개를 갸우뚱할까?

몸 이야기

변발, 단발령

70년대의 **장발** 단속 때 일이다.

부산에 신혼여행 온 부부가 있었다. 남편의 머리가 길다고 경찰의 단속을 받았다. 경찰은 가위로 머리를 자르려고 하고 신부는 신랑 대신 자신의 머리를 자르라고 요구했다고 한다. 유신 때는 국민의 머리 길이까지 정부가 관심을 가졌다. 구한말에 단발령이 있었다. 수백 년 동안 긴 머리에 상투를 틀고 살았다. 그런데 나라에서 상투를 자르라고 했다. 유생을 비롯하여 많은 사람들이 격렬하게 반대했다. 더 극적인 이야기도 있다. 청나라 시절의 변발 이야기이다. 중국의 지식인들도 변발을 못하겠다고 했다. 그러자 실력자 도르곤은 변발을 하지 않은 수십만 명을 처형한다. 머리 때문에 목이 날아간 것이다. 그 후에서야 전국적으로 변발이 시행되었다고 한다. 왜 남의 머리까지 간섭할까?

노창동의 호명유머
대머리 왕

우리나라를 비롯해 **동양**은 **왕**의 **이름**을 **신성**하게 **생각**하였다.
조선 시대 왕은 특이한 한자를 이름으로 사용하였다. 일반 민중들은
왕의 이름 글자를 사용할 수 없었다. 잘못 사용하면 목이 달아날 수도
있는 큰 죄였다. 중국도 비슷했다. 태종이나 신종 등 좋은 이름을 붙였
다. 그런데 서양은 왕의 이름이 재미있다. 중세 시대의 일이다. 왕의 신
체적 특징을 사용하여 왕을 불렀다. 금발의 해롤드 왕이 있다. 머리가
금발이었나 보다. 덴마크의 경우 헤롤드 청치왕이 있다. 푸른 이의 왕
이다. 이가 썩었나? 샤를르 대머리 왕이 있다. 왕이 대머리였나 보다.
요즘은 누구누구는 대머리라고 하면 명예훼손으로 고소당할 수도 있
다. 그런데 왕을 보고 대머리 왕이라니. 역사책에 버젓이 기록되어 있
다. 요즘, 쥐란 말에 놀라 발작을 일으키는 사람을 보면 웃음이 나온다.

· 몸이야기 ·

아이 머리

아이 **머리카락**을 짧게 깎는 경우가 있다.

솜털 같은 머리카락이 머리 위에 살짝 나와 있는 모습은 너무 귀엽다. 아이 머리를 깎는 이유가 무엇일까? 아이 머리를 깎으면 머리털이 굵어지기 때문이라고 한다. 혹은 빠진 머리카락을 아이가 먹으면 위험하기 때문에 머리를 짧게 깎는다고 한다. 머리에 이가 생기는 것을 막기 위해서라고도 한다. 2천5백 년 전에는 머리를 단단하게 만들기 위해 깎았다. 머리를 깎아 햇볕을 쬐면 단단해진다고 믿었다. 페르시아 남자들은 머리를 깎지 않았다. 그래서인지 작은 돌을 던져도 두개골에 구멍이 날 정도였다. 이집트 남자들은 머리를 깎아 단단했다고 한다. 돌로 쳐도 두개골이 깨어지지 않을 정도였다. 머리카락을 짧게 깎은 아이가 정말 단단한지 한번 보아야겠다.

노찬돌의 희망엽서
지하철
여자 목소리

이동을 **할** 경우 버스보다는 **지하철**을 자주 이용한다. 지하철을 타면 몇 가지 좋은 점이 있다. 우선 승차감이 좋아 멀미할 염려도 없고, 전방에 장애물이 나타나 급정거하는 경우도 없다. 또 도착 시각을 정확하게 알 수 있어 약속 시간을 지킬 수 있는 점도 좋다. 지하철을 타기 위해 기다릴 때 예쁜 목소리의 여자가 정확한 발음으로 안내해주는 것도 즐겁다. 그러나 타는 곳 가운데 서 있을 때 오는 방향, 가는 방향 모두 똑같은 여자 목소리가 나오면 좀 헷갈린다. 부산에서 양산행과 장산행 지하철이 타는 곳으로 동시에 들어올 때 안내 방송을 들으면 정말 헷갈린다. 양산? 장산? 오는 방향은 예쁜 여자 목소리로 하고, 가는 방향은 멋진 남자 목소리로 하면 어떨까?

· 몸 이야기 ·

유행

사람들은 **유행**에 **민감**하다.

유행에 뒤처지면 왠지 촌스럽다고 느낀다. 요즘에는 슬림한 바지가 유행이라 한다. 그래서 슬림한 옷을 입어 보니 제법 멋이 난다. 요즘 말로 간지가 난다. 그런데 유행이란 것이 잘못되면 사람을 죽이는 수도 있다. 중국 고대 초나라 왕이 가는 허리를 좋아하자 궁중에서 굶어 죽은 사람이 많았다고 한다. 날씬해야 왕의 사랑을 받을 수 있으니 어쩔 수가 없었다. 오나라 왕은 검술을 좋아했다고 한다. 그러자 백성들이 너도나도 칼싸움을 했다고 한다. 당연히 많은 백성들이 칼에 맞아 몸에 상처가 생겼다. 유행도 잘 만들어야 우리 사회에 도움이 될 것 같다. 남을 위해 봉사를 하는 것이 유행이 되면 어떨까?

요즘 **TV**를 보면 **예쁜 몸매**를 만들어 주는 프로가 있다.
몸이 뚱뚱한 이들의 살을 빼주는 프로그램이다. 몇 주간의 혹독한 훈
련을 통해 살을 빼는 것을 보며 박수를 치기도 한다. 이런 프로가 인기
를 끄는 이유는 우리 사회에 비만 인구가 많이 늘었기 때문이다. 비만
이 중요한 사회 문제 중의 하나가 되고 있다. 그래도 아직은 서구에 비
해 우리 몸은 날씬한 편이다. 하지만 이런 식으로 계속 나가면 우리도
서구처럼 비만으로 고통 받을 것이다. 서구에서는 국가 차원에서 국민
들의 몸매에 신경을 쓰는 것 같다. 피트니스부 장관이란 직책까지 있
으니 말이다. 물론 몸매도 몸매지만 국민들의 건강을 챙기고자 하는
것일 테지만.

· 몸 이야기 ·

황제내경

중국의 의학서에 『황제내경』이 있다.

이 책에 양생의 도가 나온다. 여자와 남자를 구분하는데 여자는 7의 배수로, 남자는 8의 배수로 설명하는데 재미있다. 여자는 7세에 영구치가 난다. 14세에 월경이 시작된다. 21세에 성장이 극에 달한다. 28세에 어른이 된다. 35세에 머리털이 빠지기 시작해 42세에 머리털이 희어진다. 49세에 월경이 끝나고 형체가 쪼그라든다. 남자는 8세에 영구치. 16세에 정액 시작. 24세에 근육 뼈가 강해짐. 32세에 근육 뼈 강성해짐. 40세에 머리털 빠짐. 48세에 머리털과 수염이 반백이 된다. 56세에 정액이 쇠약. 64세에 치아와 머리털이 빠진다. 요즘 같은 고령화 시대에 비추어 보면 시대착오적인 이야기도 있다. 80세는 현인이라고 하고 100세는 성인이라고 했다. 성인에 한번 도전해 볼까!

노창룡의 **희망열쇠**

뒷짐, 고려도경

송나라 사신으로 고려에 왔던 서긍이 「고려도경」을 남겼다. 도경이란 그림과 글을 말한다. 고려 문화에 대해 이국인의 입장에서 본 것을 기록한 것이다. 그런데 아쉽게도 그림은 남아있지 않고 글만 있다. 여기에 재미있는 글이 있다. 고려 사람들은 뒷짐을 진다는 것이다. 뒷짐이란 무엇인가? 두 손을 등 뒤로 모아 마주 잡은 것을 말한다. 중국에서는 볼 수 없는 특이한 모습으로 뒷짐을 진 것이다. 주변에서 흔히 뒷짐을 진 사람을 볼 수 있다. 뒷짐을 왜 질까 궁금한 적이 있었다. 그런데 뒷짐이 고려 시대부터 천 년 이상을 내려온 우리의 문화라니! 뒷짐은 척추 건강에도 좋고 가슴이 펴져서 바른 자세 잡기에 좋다고 한다. 어디 고려의 전통인 뒷짐 한번 져 볼까?

피부과에 다녀왔다.

엄지발가락에 티눈 같은 것이 생겨서이다. 발을 살펴본 의사는 이것은
티눈이 아니라 사마귀라고 진단했다. 의사는 이런 사마귀는 징병 신체
검사였다면 재검 결정을 내렸을 정도라고 겁을 주었다. 레이저 수술을
한 뒤 당분간 심한 운동을 하지말라는 주의를 받았다. 예전에 축구를
하다가 팔뼈가 부러진 적이 두어 번 있었다. 깁스를 하고 한 달 정도 불
편하게 지냈다. 그런 경험이 있다 보니 외과 치료에는 이력이 나 있다.
그렇지만 좋아하는 등산을 당분간 할 수 없다고 하니 너무 아쉽다.

노창동의 희망엽서

키 예감

키는 얼마나 큰 것이 좋을까?

정답은 없는 것 같다. 그런데 보통은 키가 크기를 바란다. 청년들은
180cm 이상으로 크기를 바란다. 미국에서는 늘 키가 큰 후보가 대통령
에 당선된다는 이야기도 있다. 그래서 나도 내심 이런 희망을 가지고
있었다. 건강검진관리공단에서 검진을 받으라고 자꾸 연락이 온다.
차일피일하다 며칠 전 드디어 검사장에 갔다. 징병검사 받을 때와 비
슷한 기분으로 아침 일찍 도착하니 벌써 많은 사람들이 와 있었다. 위
장조영술을 하는 게 주 검사인데 우선 기초 검사를 하니 키가 180cm라
고 하는 것 아닌가? 10년 동안 내 키가 2cm나 자라다니. 의학적으로는
키가 더 클 수 없다고 했었다. 10년 전에 키를 잘못 잰 것 같기도 하고.
왠지 앞으로 좋은 일이 많을 것 같은 예감이 든다.

· 몸 이야기 ·

스펙 아나운서

학력·학점·토익 **점수** 따위를 합한 **것**을
청년들은 **스펙**이라고 **한다.**

이 중 하나 잘하는 것도 쉽지 않다. 도서관에서 밤늦게까지 공부를 해
도 좋은 성적 받기가 힘들다. 그런데 요즘 방송사 신입 아나운서들의
남다른 스펙이 화제이다. 토익 만 점, 슈퍼모델, 미스코리아 출신 등의
엄청난 스펙을 가진 사람이 있다고 한다. 학력이나 영어 점수 등은 열
심히 노력하면 어느 정도 만들 수 있지만 미모는 타고난 것이라, 노력
해도 힘든 것 아닌가? 요즘 청년들이 취업하기 위해 눈물나게 노력하
는데 미모까지 갖추라고 하는 것은 너무 가혹한 것 아닐까 싶다. 예쁜
외모보다 공정하고 신뢰감을 갖춘 인재를 키워내는 게 중요할 것이다.

노창동의 희망웹서
뚱뚱한 양귀비

등산길에서 **사람들**을 만났다.
아줌마 대여섯 명이 등산을 하다 잠시 휴식을 취하고 있었다. 반갑게
인사하자 방울토마토를 하나 건네준다. 목이 마를 테니 갈증을 좀 해
소하라고 한다. 그때 한 아줌마가 배를 가리면서 뱃살이 보일까 부끄
럽다고 한다. 별로 뱃살도 없는데 말이다. 기준이 문제인 것 같다. 당나
라 미인 양귀비는 뚱뚱했다고 한다. 양귀비 이후에는 뚱뚱한 것이 미
인의 기준이 된다. 인형도 좀 뚱뚱한 몸매를 가진 게 나왔다. 사실 인간
의 몸매를 가지고 이야기 한 것은 최근의 일이라 한다. 건강하고 행복
하게 살면 되지 굳이 날씬해야 할 필요가 있는가? 방송에 나오는 여자
들 중에 너무 말라 건강에 이상이 있어 보이는 사람이 너무 많다. 뭐든
'과유불급'이라 했다.

· 몸 이야기 ·

여권 사진

옛날 사람들이
외국 여행을 할 때 출국 수속을 **어떻게 하였을까?**

박지원의 열하일기에 그 내용이 나온다. 국경에서 사람과 말을 검색하는데 사람의 수염과 흉터, 키 등을 살펴보았다고 한다. 그때는 요즘처럼 사진이 없으니 인상착의를 글로써 남길 수밖에 없었을 것이다. 흉터는 마마(천연두) 등으로, 많은 사람들이 가졌던 특징이라 한다. 정약용도 얼굴에 마맛자국이 있었다고 한다. 선배님 한 분이 해외여행을 위해 여권 사진을 새로 찍었다고 보여주셨다. 그 분은 연세가 있으셔서 이마가 조금 벗겨진 모습이다. 그런데 사진을 보니 포토샵을 하여 머리숱이 제법 많은 젊은이로 변해 있었다. 가끔 공항에서 성형수술 후 모습이 너무 변하면 확인하는 경우가 있다는데 다행히 그 정도는 아닌 것 같다. 선배님의 멋진 여행을 기대해 본다.

발해, 칫솔 | 주사위 | 보청기, 보
험 | **시계** | 진바지 | 수의 | 한복
과 양복 | **신발 샌들** | 좌단 | 하이
힐, 전족 | 담요 | **어린이 휴대폰**

6장
옛 이야기들

노창동의 **희망엽서**

발해, 칫솔

우리를 **흥분**하게 하는 **역사적** 시기가 있다.

보통 광개토대왕의 시대를 많이 이야기한다. 중국 대륙을 향해 힘차게 나아가던 모습을 떠올린다. 생각만 해도 기분이 좋다. 우리 역사에 고구려처럼 신나는 때가 또 있었다. 발해가 우리 북방 지역을 지킬 때이다. 영토는 오히려 고구려보다 넓었다고 한다. 광활한 황무지를 개척하여 나라를 세우고 중국과 당당하게 맞섰다. 발해는 전쟁만 잘하는 나라 정도로 생각하기 쉽다. 그런데 문화적 수준도 아주 높았다고 한다. 칫솔을 세계 최초로 발명한 게 발해라고 한다! 발해의 유적에서 지금의 칫솔과 유사한 것이 출토되었다. 용맹심과 더불어 앞선 과학기술까지 가진 발해다. 발해의 뜨거운 피로 우리의 땅 대륙으로 달려가고 싶다.

주사위

어릴 때 주사위 놀이를 가끔 했다.

주사위를 위로 던지면 떨어지면서 숫자가 나온다. 나온 숫자에 따라 승부가 정해진다. 간단하지만 명쾌하게 승부가 나니 어린아이들이 가지고 놀기에 좋았다. 어린아이들이라 내기를 걸어도 사소한 것을 걸었다. 그래도 재미가 있었다. 만약 인생의 전부를 거는 승부라면 어떨까? 주사위를 던질 수 있을까? 로마의 카이사르는 인생을 거는 승부를 주사위로 표현했다. '주사위는 던져졌다'는 한 마디로 그의 결단을 나타낸 것이다. 루비콘 강을 건너면 그는 바로 반역자로 몰려 죽을 운명이었다. 그는 목숨을 걸고 살아남았다. 오늘 아침 주사위를 던졌다. 무엇이 나왔을까?

보청기, 보험

미국의 대통령을 지낸 클린턴이
보청기를 끼고 있는 모습을 보았다.

그는 아주 젊은 시절부터 보청기를 끼었다고 한다. 아마 색소폰을 심하게 부는 습관 때문에 귀가 많이 나빠지지 않았나 싶다. 보청기가 없었다면 클린턴이 대통령으로 일하는 것이 가능했을까? 우리 주변에 보청기 도움을 받아야 하는 사람들이 많다. 보청기를 사용하려면 장애 등급을 받아야 공단에서 보험 적용을 받을 수 있다. 그런데 5년에 한 번 한쪽 귀만 보험 혜택을 받을 수 있다고 한다. 그러다 보니 양쪽 귀가 다 나빠도 평생 한쪽 귀만 보청기를 할 수밖에 없다. 양쪽 귀가 모두 나쁘면 보청기도 양쪽 다 해야 하는 것 아닌가? 아마 예산 문제 때문인 것 같은데 뭔가 잘못된 것 같다.

시계

요즘에 **휴대폰**을 통해 **시간**을 보는 **습관**이 생겼다. 시계를 안 찬지가 벌써 몇 년째다. 휴대폰으로 시간을 쉽고 정확하게 알 수 있기 때문이다. 예전에도 시계는 있었다. 고려 시대에는 시간을 알려 주는 관리가 따로 있었다고 한다. 고려 시대에는 관리가 매시간 북을 치면서 시간을 알려주었다. 조선 시대에 오면 해시계, 물시계 등이 발명되어 좀 더 대중화 된다. 세종대왕은 해시계를 만들어 궁궐 앞에 두고 백성들이 누구나 알 수 있도록 했다. 요즘은 누구나가 시계를 하나씩 가지고 다니며 틈만 나면 시계를 본다. 약속 시간을 맞추기 위해 노력한다. 시계가 꼭 필요할 때는 언제일까? 출근할 때일까? 아니면 일을 마치고 집에 가는 퇴근시간일까?

노창동의 희망엽서

진바지

거리에서 지나가는 사람들을 보면

진바지(청바지)를 **입은 사람이 많다.**

아침 등산가는 길에 대학생을 봐도 그렇고 지하철 안의 사람들을 보아
도 그렇다. 모두들 진바지를 예쁘게도 입고 다닌다. 진은 미국에서 처
음 만들어진 옷이다. 실용성을 가장 우선으로 하는 스타일이다. 그런
데 이제는 원조인 미국보다 우리가 진바지를 더 많이 입는다. 어릴 때
교복 바지 말고는 다른 옷을 입을 기회가 많지 않았다. 진바지는 진보
적인 사람들이 입는 옷 정도로 치부한 때도 있었다. 진이 우리 옷의 대
세가 되다니 신기하다. 예전에 진바지가 하나 있었는데 사이즈가 맞지
않아 안 입은 지 오래다. 나도 진바지가 어울리려나?

수의

휴대폰 문자로 가끔 **부고** 메시지가 **온다.**

가까운 주변 사람들이 이 세상을 떠난 것이다. 장례를 치를 때 수의가 있어야 한다. 수의는 보통 모시로 된 것을 사용한다. 사람들은 평소 부모님께 못다 한 효도를 다하기 위해 값비싼 모시 수의를 고른다. 그런데 모시로 된 옷을 요즘은 거의 입지 않는다. 조선 시대나 그런 옷을 입고 살았었다. 그때는 살아 있을 때 입던 옷을 죽어서도 입고 갔다. 요즘은 거의 양복을 입고 생활한다. 살아서 한 번도 입어 보지 않은 옷을 죽으면 비싼 돈을 들여 사 입힌다. 생전에 한 번도 입은 보지 않은 옷을 입으면 얼마나 답답할까? 수의를 입은 자기의 모습을 하늘에서 내려다본다면 얼마나 어색할까? 차라리 살아있을 때 입던 옷을 깨끗하게 세탁해서 입히면 어떨까 싶다.

한복과 양복

한복과 **양복**은 입는 방법이 좀 다른 것 같다.
한복은 넉넉하게 입고 양복은 몸에 꼭 맞게 입는다. 그렇게 입어야 옷
고유의 선을 잘 살릴 수 있는 것 같다. 여자들은 대체로 한복이나 양장
을 예쁘게 잘 입는다. 그런데 남자들은 양복을 입을 때 어울리지 않는
경우가 있다. 헐렁하게 입는 경우가 많다. 양복을 한복처럼 넉넉하게
입기 때문 아닐까? 자기 몸보다 큰 치수의 양복을 입으니 맞을 수가 없
다. 한국의 남자가 원래 촌스럽다고 한다면 오해다. 옷 입는 외형적인
모습이 다가 아니다. 어느 나라 남자보다 열심히 일하는 멋진 대한의
남자들 아닌가!

· 옷 이야기 등 ·

신발 샌들

신발이 아무리 좋아도 **모자**로 쓸 수는 **없다.**

중국의 유명한 역사가 사마천의 사기에 있는 구절이다. 옛날 신발은 천으로 멋지게 만든 경우가 있다. 그러나 아무리 신발이 화려해도 모자로 쓸 수는 없는 것이다. 신발과 모자는 용도가 전혀 다르기 때문이다. 신발도 용도에 따라 달리 신는다. 산에 갈 때는 등산화를 신어야 몸에 좋다. 달리기를 할 땐 러닝슈즈를 신어야 효과를 극대화할 수 있다. 그런데 여름이 되면 고민에 빠진다. 한여름 더위에 구두를 신고 있으면 정말 덥다. 종일 실외 생활을 하면 보통 고역이 아니다. 여자들은 지혜롭게 여름에 시원하게 샌들을 신는다. 남자들은 샌들을 신는 경우가 많지 않다. 한여름에 에너지도 절약하고 발 건강을 위해 남자들도 샌들을 신으면 어떨까?

노창동의 ᄒᆞᆼ양업서

좌단

여름이 되면 노출이 심해진다.

일단 반바지로 멋진 각선미를 자랑한다. 상의도 소매 없는 것으로 가슴을 살짝 노출한다. 몸을 노출하는 것이 중요한 의미를 가질 때가 있다. 육단이란 것이 있다. 어깨를 노출하는 것을 말한다. 중국에서 한나라 고조의 여태후가 독재를 한 적이 있다. 태위 주발이 쿠데타를 감행한다. 적과 동지를 구분하기 위해 육단이란 방법을 사용한다. 여씨를 도울 사람은 오른쪽 어깨를 보이고, 유씨를 도울 사람은 왼쪽 어깨를 보이라고 한다. 모두 좌단이라 쉽게 병권을 접수하고 쿠데타에 승리한다. 이때 오른쪽 어깨를 잘못 보였다면 그는 아마 저세상 사람이 되었을 것이다. 더울 때는 어깨를 확 드러내도 좋다. 그런다고 죽을 염려는 없을 테니까?

6·9

하이힐, 전족

중국에 **여성의 발**을 작게 만드는 **전족**이란 풍습이 있었다.
전족을 하는 법은 이렇다. 베로 발을 동여맨 뒤 성장을 억제시키고 발
뼈를 뒤틀어 살을 고름으로 만들어 녹여버린다. 삼촌금련이라 하여 여
자 발은 '삼촌'이 가장 아름답다고 했다. 발 크기가 10센티미터라고! 어
른 발이 이 정도라면 제대로 서서 다닐 수도 없다. 이런 이상한 것이 문
화로 정착되어 여자들이 따르지 않을 수 없었다. 요즘은 하이힐이 유
행이다. 심지어 20센티미터의 킬힐도 있다고 한다. 킬힐! 누구를 죽이
려는 것인가? 하이힐을 오래 신으면 여자의 발이 기형으로 변할 가능
성이 높다고 한다. 이렇게 위험한 하이힐을 여성들은 좋아한다. 하이
힐과 전족을 누가 퍼뜨렸을까?

노창훈의 **흐망엽서**

담요

딱딱한 방바닥에
담요를 깔고 자면 편안하게 **숙면**을 **취**할 수 있다.
조선 시대에는 이런 담요 하나 제대로 마련하지 못한 사람들이 많았던
것 같다. 박제가의 『북학의』에 보면 담요에 대한 이야기가 나온다. 조
선의 담요가 먼지투성이라고 평하고 있다. 신혼살림으로 신부가 가져
온 담요를 깔았는데 악취가 심하게 나는 경우가 많았다고 한다. 낡은
솜을 넣은 담요라 냄새가 날 수밖에 없었다. 그런데 신랑은 악취의 원
인을 신부의 몸으로 오해하여 평생 구박하였다고 한다. 지금 생각하면
말도 안 되는 이야기다. 문제의 근본 원인을 모르고 신부를 구박한 어
리석은 신랑! 지난 시절을 돌이켜 보면 담요가 아닌 신부 몸을 탓했던
신랑의 모습이었던 내가 보인다.

어린이 휴대폰

요즘은 어린아이들도 휴대폰을 가지고 다닌다.

비싼 스마트폰을 가진 아이도 있다. 우리나라 아이들의 휴대폰 소지율이 유난히 높다고 한다. 초등생의 80%가 휴대폰을 소지하고 있는 반면, 일본은 20% 정도라고 한다. 초등생의 휴대폰은 특히 문제가 많다. 일단 어린이의 뇌에 치명적 영향을 줄 수 있다는 것이다. 휴대폰을 받는 쪽 뇌의 종양 발생 확률이 높다고 한다. 또 어린이 휴대폰 사용은 가계에 큰 부담이 된다. 물론 휴대폰을 가지고 있으면 부모가 연락하기 쉽고 범죄 예방에도 도움이 된다는 주장도 있다. 그러나 실제로 범죄 예방 효과가 얼마나 있는지는 의문이다. 중학생 아래로는 휴대폰 소지 금지를 하는 것이 어떨까 하는 생각이 든다.

계명봉, 자웅석계 | 고단봉 | 금정 산 서문 | 허심청 | 발해, 영토 | 간 도협약 | 고려와 경상도 | 소말리 아 | 이자나기, 이자나미 | 아라비 안나이트 | 고대 이집트 남과 여 | 스파르타 | 분당, 소향 | 신장 위 구르 | 묘지 같은 기념관 | 경로당 | 차고, 침실 | 모래조각 | 건물 처 마 | 최종병기, 활 | 졸업 증명서 | 청자와 백자 | 반려동물 | 기차, 열차, 화차 | 티키, 타악기 | 인도, 타타

7장

토지와 물건 이야기

계명봉,
자웅석계

부산 금정산을 **등산**하려고 하면
초입에서 **계명봉**을 만날 수 있다.

계명이란 닭 울음소리를 말한다. 이곳에 자웅석계가 있다. 자웅석계
라는 것은 암수 닭의 모양을 가진 돌을 말한다. 이 자웅석계를 일제가
파괴하였다. 일제가 왜 닭 모양의 돌을 보고 부쉈을까? 여기에 숨겨진
이야기가 있다. 계명봉에서 보면 대마도가 보인다. 그런데 대마도 모
양이 지네처럼 생겼다. 그러니 계명봉의 닭이 지네처럼 생긴 대마도를
쪼아 먹는 형국이다. 일제의 입장에서는 불길하기 짝이 없는 것이다.
그런 불길함을 없애기 위해 자웅석계를 부수었다 한다. 그것도 모자라
그 자리에 쇠말뚝을 박았다고 한다. 여간 안타까운 일이 아니다. 일제
때문에 아름다운 자웅석계의 모습을 볼 수 없다니!

고당봉

금정산의 가장 높은 봉우리를 **고당봉**이라 한다. 고당봉이란 말은 고당 할미를 따서 지은 이름이라 한다. 고당봉에는 금샘이라는 우물이 있다. 산에 우물이 있다니! 산 정상 부근에 가면 큰 바위가 있다. 그 바위 가운데가 패여 있는데 꼭 우물처럼 보인다. 그곳에 하늘에서 물고기가 내려와 헤엄을 쳤다는 재미있는 전설도 있다. 그런데 고당봉을 고단봉이라고 하는 사람이 있다. 젊은 사람도 고단봉이라고 말하고 그렇게 적기도 한다. 전혀 다른 뜻이 되는데 왜 부산 사람들은 고단봉이라 할까? 경상도 사람들은 일단 발음을 경제적으로 하는데 여기서도 그런 경향이 보인다. 가끔 다른 지역 사람이 왔을 때 고단봉으로 말하여 헷갈리지 않을까 걱정이 될 때가 있다. 고단봉이 아니라 고당봉이다.

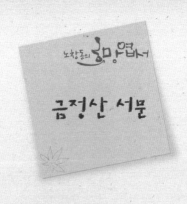

노창동의 희망엽서

금정산 서문

금정산을 등산할 때 **북문**이나 **동문**을 주로 **이용**한다.
나는 북문의 세심정을 거쳐 고당봉을 가는 길을 애용한다. 서문이 있
지만 들르는 경우가 거의 없다. 심지어 모르는 사람도 많다. 서문은 왜
구가 해안을 거쳐 노략질하는 것을 방어하기 위해 만든 것이다. 그런
데 사실 서문이 동문보다 더 아름답게 잘 만들었다고 한다. 동문을 만
든 장인의 제자가 서문을 만들었는데 청출어람이라고 한다. 왜구가 일
제를 거쳐 일본으로 진화했다. 조총을 든 왜구를 성을 쌓아 막을 수 있
었지만 소니, 캐논과 엔화로 무장한 일본을 어떻게 상대할까 선현들에
게 지혜를 구하고 싶다.

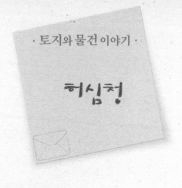

· 토지와 물건 이야기 ·

허심청

부산을 대표하는 **금정산**은
주말이면 **남문, 북문**으로 등산객들이 **넘쳐난다.**

금정산 아래에는 온천장이 있다. 신라 시대에는 다리를 다친 학이 온천
물에서 샤워한 후 완치되었다는 전설(?)도 있다. 조선 시대에는 임금이
이곳에서 온천을 즐기고 갔다고 한다. 나도 등산으로 땀을 잔뜩 흘리고
난 뒤에는 온천에 몸을 담그고 피로를 푼다. 상쾌함 그 자체다. 온천장
에 허심청이란 곳이 있다. 온천을 할 수 있는데 이름이 재미있다. 허심
이니 마음을 비운다는 뜻이다. 노자에 보면 '허기심 실기복'이란 말이
있는데 여기서 나온 말이 아닌가 싶다. 마음을 비우고 배를 채운다는
뜻이다. 온천욕으로 마음을 비우고 식사 한 끼로 노자가 되어 볼까?

노창동의 희망엽서

발해, 영토

우리나라 영토를 **한반도**라고 한다.

그래서 어릴 때는 우리 지도를 쉽게 호랑이 모양이라고 배웠다. 그러
다 보니 우리 영토를 두만강 아래로만 생각하는 습관이 생겼다. 남북
분단으로 38선 이남에서 살다보니 우리의 시야가 더 좁아졌다. 우리
영토를 이렇게 보는 것이 맞을까? 우리 영토는 고구려 시대에 만주 일
대를 포함하고 있었다. 찬란한 고구려 시절보다 발해 때는 영토가 더
넓었다고 한다. 지금 한반도의 2~3배 이상이었다고 한다. 그때의 우리
영토를 호랑이 모양이라고 할 수는 없다. 우리의 선조들이 말 타고 달
리던 만주 벌판의 일송정을 생각해 본다. 고구려, 발해를 우리가 잊지
않고 있으면 언젠가는 그 땅을 우리가 다시 찾을 수 있지 않을까?

간도협약

국사 시간에 **간도협약**을 배웠다.

간도협약이 무엇인가? 청나라와 일본이 간도에 대해 협약을 했다. 한·청 양국의 국경은 도문강으로써 경계를 이루되, 일본 정부는 간도를 청나라 영토로 인정하는 동시에 청나라는 도문강 이북의 간지를 한국민의 잡거구역으로 인정한 것이다. 도문강이 어디를 의미하는지에 대해서는 논란이 있다. 그런데 왜 우리 땅을 갖고 일본이 당사자가 되나? 일본은 1905년 우리의 외교권을 박탈한 후 우리 땅을 자기 것처럼 중국과 협약을 한 것이다. 그런데 식민지 지배 자체가 불법 무효라는 서류가 발견되었다. 권한 없는 일본이 우리를 대신해 청과 맺은 조약은 무효일 수밖에 없다. 간도의 주인은 누구인가? 간도는 언젠가 우리가 되찾아야 할 재산이다.

노창동의 **희망엽서**

고려와 경상도

우리가 **사용**하고 있는 **도** 이름은 **언제** 만들어졌을까?

대체로 조선 시대에 만들어졌다. 조선 8도라 하여 경기도, 경상도, 전라도 등의 이름을 사용했다. 그 중 경상도와 전라도는 더 오래전인 고려 시대부터 사용하였다고 한다. 경상도, 전라도란 이름은 무려 700년 역사가 있다! 이렇게 보면 경기도는 상대적으로 역사가 짧다고 할 수 있다. 경상도, 전라도는 왜 고려, 조선 시대에 걸쳐 같은 이름을 사용했는지 알 수 없다. 700년 이상 같은 이름으로 살아오다 보니 아무래도 그 지역 사람들은 애향심이 좀 강할 것 같다. 경상도란 이름을 부르면서 고려인의 기상을 느끼고 싶다. 무역을 통해 세계적으로 이름을 알렸던 고려인! 경상도에 고려인의 피가 흐른다.

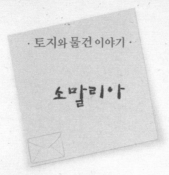

· 토지와 물건 이야기 ·

소말리아

최근 며칠간 소말리아가 뉴스의 중심이 되었다.
이제 소말리아는 해적이란 말과 동의어로 느껴진다. 소말리아는 어떤
나라인가? 오랜 내전으로 총에 맞아 죽거나 가뭄으로 굶어 죽은 사람
이 수십만이다. 작년 일인당 소득을 보면 600불 정도 된다고 한다. 하
루 2000원 정도로 모든 생활을 해야 한다. 그러다 보니 소말리아 사람
이 선택할 수 있는 것은 내전에 참전하거나 굶어 죽거나 해적이 되는
것이 아닌가? 우리 속담에 '한식에 죽으나 청명에 죽으나'가 이런 상황
과 비슷한 것 같다. 소말리아가 빈곤과의 전쟁에서 이겨야 해적도 사
라질 것 같아 걱정스럽다.

우리나라에는 **단군** 신화가 있다.
단군이 나라를 만들었다는 것이다. 이웃 일본에도 신화가 있다. 남신
과 여신이 있다. 신들이 결혼하여 낳은 이자나기란 남신과 이자나미
란 여신이 있다. 둘이서 많은 섬과 신을 낳았다. 이자나미가 죽자 이자
나기는 그녀를 구하기 위해 지하 세계로 가지만 실패한다. 이자나기는
왼쪽 눈에서 아마테라스를 낳고, 오른쪽 눈에서 츠쿠요미를 낳았다.
코에서는 태풍을 관장하는 스사노를 낳았다. 스사노를 대신한 니니기
가 내려와 일본왕의 선조가 되었다고 한다. 니니기의 직계 후손이 일
본왕이라고 한다. 일본 신화는 그리스 신화와 비슷한 느낌을 풍긴다.

아라비안 나이트

아라비안 나이트 이야기는 어릴 때부터 많이 들었다. 천일야화라고도 했다. 하지만 중동 지역을 무대로 하는 이야기이다 보니 우리에게 그리 친근하지 않다. 알라딘의 요술램프처럼 재미있는 이야기가 기억에 남아있다. 그런데 책을 읽어보니 쉬운 이야기가 아니다. 오히려 이해하기 힘든 내용이 많다. 성적인 이야기는 청소년이 읽기에는 어색한 것 같다. 그런데 에코의 『장미의 이름』이란 책이 아라비안 나이트의 현자 두반과 유난왕의 이야기를 모티브로 만들어졌다고 한다. 에코가 읽었다니 가치가 있는 것만은 분명하다. 『주역』이란 책도 공자가 읽어서 유명해진 것이 아닌가? 중동 지역을 알기 위해서라도 아라비안 나이트를 제대로 읽어 봐야겠다.

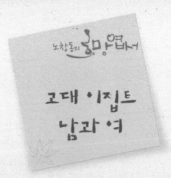

노창동의 흥미읽거

고대 이집트 남과 여

남자와 **여자**의 역할은 늘 똑같았을까?

역사가 헤로도토스가 2,500년 전 고대 이집트 모습을 그리고 있는데 흥미롭다. 여자는 시장에 나가 장사를 하는데 반해 남자는 집에서 옷 감을 짠다. 남자가 옷감을 짜다니! 짐을 나를 때 여자는 어깨에 지고 남 자는 머리에 인다. 소변을 볼 때 여자는 서서 하고 남자는 앉아서 한다. 이것이 가능한 일인가? 배변시에는 실내에서 보고, 식사는 노상에서 한다. 그들은 보기 흉한 것은 비밀리에 해야 하고 그렇지 않은 것은 공 개적으로 하는 게 좋다고 생각했다. 그 당시 다른 민족과 정반대이다. 남자가 여자처럼 행동하다니! 남과 여의 차이는 무엇일까?

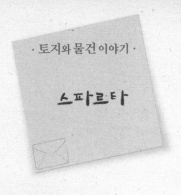

스파르타

스파르타식 학원이란 간판을 가끔 본다.

이천 년 전에 존재했던 고대 그리스의 스파르타란 이름이 아직도 우리 주변에 살아 있다. 아이들을 스파르타식으로 키우겠다는 것이다. 스파르타식은 어떤 것일까? 한 마디로 무시무시한 것이다. 고대 그리스에서는 7세부터 군사 훈련을 했다. 20세에 현역 군인이 되어 30세까지는 군용 천막에서 공동생활을 했다. 30세 이후에도 가정생활을 할 수는 있었으나 공동 식사 관습 때문에 자주 방해를 받았다. 60세까지 군대 생활을 했다. 개인의 사생활은 거의 존재하지 않았다. 우리 아이들을 이런 방식으로 키우면 어떻게 될까? 창의적 사고는 거의 불가능해진다. 군인으로 키우기에 적합한 방식이다. 스파르타식 교육으로 아이가 군인이 되길 바라는 학부모가 몇이나 될까?

분당, 소항

중국 속담에 '상유천당 하유소항'이란 말이 있다.
하늘에는 천당이 있고 땅 위에는 소주와 항주가 있다는 말이다. 소주
와 항주가 그렇게 살기 좋다는 말이다. 예로부터 소주와 항주에는 옷
지을 견직물이 풍부하고, 쌀과 고기가 풍부해 먹는 데 어려움이 없다고
한다. 부자들에게는 정원이 아름답고 미인이 많아서 좋은 곳이라는 말
도 있다. 천당이라 할 만큼 살기 좋은 곳이다. 우리나라에서는 분당을
이런 곳에 비유하고 있다. 학력 수준이 가장 높고 소득 수준도 높다고
하니 소주, 항주에 비유 할만하다. 지금까지 이곳 사람들은 기득권 수
호에 너무 집착하는 모습만을 보여줬다. 그런데 이곳이 변하고 있다.
사회적 책임을 다하는 대표적 동네가 되길 기대해 본다.

신장 위구르

신장 **위구르**에서 유혈 사태가 났다고 **한다.**

중국 정부가 위구르에서 강경 진압을 하면서 유혈 사태가 발생했다. 예전에 베이징에 갔을 때였다. 우마차를 끌고 와서 꼬치를 파는 젊은 사람이 있었다. 너무 덥다 보니 웃통을 벗고 장사를 했다. 그런데 말을 하지 않고 꼬치를 팔 때 손가락으로 표현하고 있었다. 위구르 사람들 상당수가 교육을 받지 않아 중국말을 못한다는 것이었다. 위구르는 우리하고도 인연이 있다. 덕수 장씨와 인동 설씨 등이 위구르계라고 한다. 장동건의 멋진 얼굴도 위구르의 영향을 받아서 그런 것이라고 말하는 사학자도 있다. 중국은 티벳, 위구르 등 소수민족을 탄압해 지배하는 데 혈안이 되어 있다. 욕심 많은 중국이 어디까지 나갈지 지켜봐야겠다.

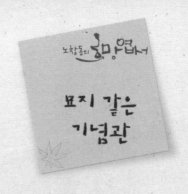

노창동의 **희망엽서**

묘지 같은
기념관

다른 도시와 **마찬가지로**
부산에도 작은 **기념관**들이 **많이 있다.**
백산 안희제 기념관, 우장춘 기념관 등은 건물은 작지만 개성 있고 예쁘장하다. 그런데 방문을 해보면 관람객이 거의 없다. 직원 한두 명이 쓸쓸하게 앉아 있는 경우가 태반이다. 손님이 방문하면 오래된 친구 만난 것처럼 반가워하면서 방명록에 서명을 권유할 정도이다. 기념관이 북망산천, 마치 고인의 묘지처럼 느껴진다. 사람들이 즐겁게 찾아갈 만한 기념관으로 만드는 방법은 없을까?

경로당

금정구는 부산의 북쪽 끝자락이다.

그 끝에 두구동이 있다. 그곳은 부산이지만 시골처럼 주로 농사를 짓는 곳이다. 노령 인구 비율도 다른 곳보다 훨씬 높다. 그래서 경로당이 많다. 경로당에 가 보면 노인들이 모여서 화투도 치고 텔레비전도 보고 있다. 화투를 치는 데 동전이 필요하다. 점당 10원 내기를 걸고 화투를 치는 것이다. 10원짜리 동전이 많이 필요한데 10원짜리 새 동전은 필요 없다. 너무 작아서 노인들의 손에 잘 잡히지도 않고 눈에 잘 보이지도 않기 때문이다. 동전이 부족하면 은행에 가서 잔뜩 바꿔 온다. 최소한 몇백 개는 있어야 안심이 된다. 미래의 노인들의 나라 모습이 화투나라가 된다면 재미없지 않을까?

노창동의 희망엽서

차고, 침실

길을 걷다 보면 **차**들이 골목에 줄지어 **있다.** 우리나라 차량 등록 대수가 1,800만 대라고 한다. 2.8명당 차 한 대 꼴이라고 한다. 한 집에 차가 한 대 있는 셈이다. 해마다 차가 늘어나 곧 이천 만 대를 돌파한다고 한다. 이 많은 차가 도로에서 다니고 있다니 신기하다. 이 차들의 저녁이 궁금하다. 한 집에 차 한 대가 주차하고 있어야 하는데 그런 공간이 있는지 궁금하다. 주변에 보면 주차 공간이 없는 집들이 태반이다. 상당수가 골목에 주차해 있다. 차가 계속 늘어날수록 주차 문제는 더 심각해질 것이다. 유럽은 경차 비율이 높아 그래도 공간을 적게 차지한다. 우리는 큰 차를 좋아한다. 그래서 더 많은 공간을 필요로 한다. 이러다가 침실이 주차장이 되지 않을까?

모래 조각

모래에 조각을 한다.
조각은 나무나 돌에 하는 것이 아닌가? 그런데 모래를 돌이나 나무처럼 사용하여 조각 작품을 만드는 것이다. 부산은 바다가 있는 곳이라 해마다 여름철이 되면 모래 조각을 구경할 수 있다. 얼마 전 해운대 바다에서 멋진 조각 작품을 보았다. 아름다운 고성이 진짜처럼 보인다. 옆에는 동화 속의 인어공주가 미모를 뽐내고 있다. 그 앞에서 사진을 찍어 영원히 추억을 남기고 싶어 하는 사람들이 줄을 선다. 그런데 이 모래 조각은 비가 오면 한순간에 사라지고 만다. 사진 속의 모습을 다시 볼 수 없으니 너무 허무한 느낌이 든다. 하긴 인간이 만든 것 중 영원한 것이 어디 있겠나?

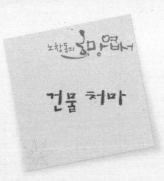

노창동의 희망엽서

건물 처마

길을 가다가 갑자기 **소나기**가 내리면 **참** 난처하다.
비를 피할 곳이 없으면 옷이 다 젖는다. 옛날 집에 보면 처마라는 게 있
다. 처마 아래에서 비를 피할 수가 있었다. 대로변에 있는 건물에 처마
가 있으면 어떨까? 건물 외벽에 처마를 만들고 건물들이 연결되어 있
으면 시내 한복판을 다닐 때 비를 피하면서 다닐 수 있지 않을까? 실제
로 일본 어느 도시에는 중심지 도로변의 건물에 처마를 만들었다. 그
래서 갑작스런 소나기에도 도시를 기분 좋게 걸어 다닐 수 있었다. 처
마를 만들기 위해서는 여러 가지 문제점도 있을 것이다. 그러나 삭막한
도시에 남을 배려하는 따뜻한 마음을 많이 만들어 두면 좋지 않을까?

최종병기, 활

올림픽에서 **우리나라**가 메달을 **휩쓰는** 종목은 **태권도**와 **양궁**이다. 태권도는 우리가 종주국이니 당연한 것 같은데 양궁은 서양의 스포츠 아닌가? 그런데도 우리가 양궁에서 두각을 나타내는 데는 이유가 있다. 우리는 예전부터 활을 잘 다루는 민족이었다. 임진왜란 때도 왜적들은 우리 활을 겁냈다고 한다. 병자호란 때도 마찬가지였다. 고구려 벽화를 보면 달리는 말 위에서 몸을 반쯤 틀어서 활을 쏜다. 영화에서는 특이한 활 솜씨를 보여주고 있다. 활을 잘 쏘기 위해서는 집중력이 필요하다. 바람의 속도 등을 알아야 하므로 머리도 좋아야 한다. 우리 민족은 이런 재능을 가지고 있으므로 활을 잘 쏘는 것 같다. 마음을 집중해 목표에 적중하고 싶다.

7. 20

노창동의 희망엽서

졸업 증명서

졸업 증명서가 필요할 때가 있다.
졸업한 모교가 타지에 있을 땐 졸업 증명서 발급 받기가 불편하다. 요즘엔 행정 민원서류로 발급받는 방법이 있다. 졸업 증명서 발급은 미국과 독일이 다르다. 미국은 우리가 하는 것과 같다. 졸업 증명서를 학교에서 무제한으로 발급해 준다. 소비자인 학생을 위해서 해 준다는 것이다. 독일은 다르다. 졸업 증명서는 한 번만 준다. 그 뒤에는 이 증명서를 공증해서 계속 사용한다. 졸업한 뒤 모교에서 아무리 멀리 떨어져 살아도 문제가 없다. 가까운 곳에서 공증을 받으면 되니까. 독일에서 공부한 친구는 미국식 제도를 이상하다고 한다. 미국에서 공부한 친구는 독일식 방식이 이상하다고 한다. 어느 제도가 좋을까? 모든 것은 상대적인 것이 아닌가?

7 . 21

청자와 백자

고려 시대를 대표하는 **문화유산**으로
청자, 금속활자, 팔만대장경 등이 있다.

특히 청자의 바탕에 구름, 학, 화초 문양 등을 새기고 다시 유약을 발라
구워낸 상감기법으로 만들어진 상감청자는 고려청자의 진수라고 한
다. 이 상감청자를 당시 중국인들도 극찬했다. 청자를 비취색이 난다 하
여 비색청자라고 부르기도 하는데, 예쁘고 몸매 좋은 여자를 보는 느낌
이다. 이런 청자에 과감히 맞대결을 펼친 것이 조선 백자이다. 백자는
청자에 비해 촌스럽기도 하고 투박하다. 이런 백자의 투박하고 은근한
매력이 사람을 크게 감동시킨 것 같다. 백자는 청자와 달리 섬나라 일본
을 크게 감동시켰다. 백자에 반한 일본은 임진왜란 때 목숨을 걸고 조선
의 도공을 납치해 갔고 그것은 일본 문화에 많은 영향을 미쳤다. 일본이
백자가 아니라 청자를 가져갔다면 그들의 역사가 어떻게 바뀌었을까?

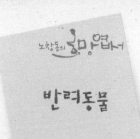

노창동의 희망엽서

반려동물

애완동물을 키우는 **사람**이 많아졌다.

개는 사람 말귀를 알아들으니 귀엽다. 요즘 애완동물들은 사람 이상으로 호강을 누린다. 아프면 동물 병원에 가서 진료를 받는다. 진료비가 사람의 진료비보다 더 비싸다고 할 정도다. 가끔 동물 호텔에 가서 편하게 휴식을 취하기도 한다. 사람의 수명이 길어지면 애완동물과 더 친하게 지내야 할 것 같다. 가족이 없으면 동물이 외로움을 대신할 수도 있을 것이다. 그러다 보니 이런저런 문제도 많다. 가끔 지하철에 개를 안고 타는 사람이 있다. 개를 데리고 지하철을 탈 수 없다고 안내판에 적혀있다. 개를 너무 사랑하다 보니 집에 그냥 둘 수 없어 데리고 다닐 것이다. 그러나 지킬 건 지켜야 하지않을까?

기차, 열차, 화차

한·중·일은 보통 **동양** 3국으로 불린다. 동양을 대표하는 나라라는 의미인 것 같다. 3국은 비슷하면서도 조금 다르다. 생긴 모습은 언뜻 비슷하게 느껴진다. 그런데 자세히 보면 조금은 다른 것 같다. 한족의 모습은 어딘지 모르게 선이 굵고 일본은 선이 가는 모습이다. 우리는 중간쯤 되지 않나 싶다. 한국을 중심으로 중국과 일본이 조금씩 다르다고 한다. 그래서 한국은 중국과 일본을 중개하는 일을 할 수 있는 위치라고도 한다. 우리가 타는 기차의 명칭도 재미있다. 일본은 열차, 중국은 화차라고 한다. '기차'보다 일본의 '열차'가 더 정확한 느낌이 든다. 중국의 '화차'는 왠지 낭만적인 느낌이다.

터키, 타악기

오케스트라에서 **바이올린, 더블베이스, 클라리넷** 등
현악기들이 어울려 멋진 소리를 낸다.

그러다가 갑자기 타악기 소리가 날 때가 있다. 좀 어울리지 않는 느낌
이 든다. 타악기가 엄숙한 오케스트라에 왜 들어왔을까? 타악기가 오
케스트라에 사용된 것은 오스만 제국 시대라고 한다. 오스만 제국의 군
대 행진 때에 타악기를 사용했는데 이것이 유럽에 전파되었다고 한다.
오스만 제국은 또 커피를 대중화 시키는 데 큰 영향을 미쳤다고 한다.
당시 커피는 생활에 절대적이었다고 한다. 남편은 아내가 마실 충분한
커피를 준비할 의무가 있었다. 그렇지 못한 남편은 이혼을 당했다는 일
화가 있을 정도이다. 오스만 제국은 죽어서 타악기와 커피를 남겼다!

인도, 타타

인도하면 보통 **요가를 떠올린다.**

카레를 생각하기도 한다. 인구는 세계 2등이고 경제는 낙후된 것으로
기억한다. 이런 인도에서 신선한 뉴스가 가끔 나온다. 인도의 최대 재
벌인 타타그룹이 한 번씩 사고를 친다. 타타그룹은 우리나라 삼성이나
현대쯤 되는 기업인데 가끔 정말 돈이 안 되는 사업을 한다. 이번에 77
만 원짜리 나노 하우스를 판다는 것이다. 조립형으로 6평 정도인데 이
게 말이 되나? 여러 가지 문제점도 있지만 놀라운 발상이다. 집 없는 사
람을 위해 재벌이 이런 발상을 한다는 것이 놀라울 따름이다. 그전에
는 250만 원짜리 자동차를 만들어 세상을 놀라게 했는데 대단하다. 우
리나라 재벌도 서민들을 위해 이런 창의적 발상을 좀 할 수 없나?

7 . 26

목욕 축일 | 황제의 시간 | 스승의
날 | 찰나 | 70대 축구선수 | 중세
| 유언 | 새치, 지혜 | 지하철 24시
간 운행 | 10년만 | 흔적 이름 | 송
년 정조

8장

시간 이야기

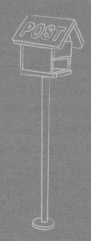

노창동의 힐링엽서

복욕 축일

등산을 한 날은 온천에서 목욕을 하면서 피로를 푼다.
온탕과 냉탕을 번갈아 오가며 피로를 풀면 기분이 상쾌해진다. 목욕의
문화를 보면 천차만별이다. 독일 사람들은 보통 작은 대야에 물을 받
아서 찍어 사용한다. 우리는 보통 대야로 물을 뒤집어쓴다. 자리를 잘
못 잡으면 옆 사람이 던진 물 폭탄에 기분을 완전히 잡치기도 한다. 그
래서 말다툼을 하는 경우도 가끔 본다. 목욕을 마음대로 할 수 없는 곳
으로 티베트가 있다. 1년에 목욕을 한 번 한다고 하던가! 목욕하는 날
은 축제일이라고 한다. 결혼하는 날은 특별히 목욕을 할 수 있다. 결혼
첫날은 깨끗하게 잘 수 있나 보다. 요즘 같은 무더위에 목욕 축일을 마
음대로 할 수 있어 정말 감사하다.

황제의 시간

하루는 24시간으로 정해져 있다.

이 시간도 무한정 주어지는 것이 아니다. 인간에게 많아야 100년쯤 주어지지 않는가 싶다. 통계를 보면 그렇게 보인다. 이렇게 한정된 시간을 어떻게 사용하면 좋을까? 청나라의 강희제는 뛰어난 정치인 중 하나다. 어릴 때 유행처럼 떠돈 전염병에도 죽지 않고 살아남아 황제가 되었다. 강희제의 하루를 들여다본다. 하루 중 3분의 1은 정사를 돌본다. 일을 한다는 의미다. 3분의 1은 공부를 한다. 알아야 대제국을 다스릴 수 있으니까. 나머지 시간은 사냥을 했다. 사냥을 하다 죽을 고비도 많이 넘겼다. 그래도 하는 이유는 건강해야 일을 잘 할 수 있기 때문이다. 오늘 하루 시간을 어떻게 사용할까? 황제처럼 일정을 세워볼까?

노찾모의 희망엽서

스승의 날

스승의 **날**이면 늘 **옛날** 생각이 난다.

어릴 적 코흘리개 시절엔 가슴에 손수건을 하나 달고 다녔다. 콧물을 자주 흘리다 보니 보통 소매에다가 콧물을 닦았다. 그러니 옷소매가 번들거리며 딱딱해져서 옷이 빨리 떨어지곤 했다. 당시 나이 드신 교장 선생님은 '학교' 발음이 잘 되지 않아 늘 '핵교'라고 조회 시간에 말씀하시곤 했다. 아이들은 선생님의 발음을 흉내 내면서 놀리기도 했다. 나는 가끔 주먹질을 해서 친구들의 코피를 흘리게 한 적도 있다. 그런 철없는 아이에게 글을 가르쳐 주시고 사람 구실 할 수 있도록 만들어 주신 선생님이 그립다. 선생님을 자주 찾아뵙고 싶은데 늘 마음만 굴뚝같다. 벌써 세상을 떠난 선생님도 계시니 더 늦기 전에 선생님들을 한번 찾아뵈어야겠다.

찰나

눈 **깜짝**할 사이란 **뜻**의 '**찰나**'란 말이 있다.
엄청 짧은 시간을 말한다. 얼마나 짧은 시간일까? 측정이 가능한지는
모르겠지만 과학자들은 10의 마이너스 43승이라고 답을 내 놓는다.
보통 사람이라면 웃기는 이야기이다. 그렇게 짧은 순간을 어떻게 측정
할 수 있는가. 하여튼 과학자들은 그렇게 할 수 있는가 보다. 요즘은 나
노라는 단위가 유행이다. 10의 마이너스 9승이라 한다. 과학자들은 온
갖 상상을 하면서 새로운 것들을 찾아낸다. 학생들이 매일 시험 공부만
한다면 미래는 어떻게 될까? 시험 문제 안에서 뱅글뱅글 돌고 있지 않
을까 걱정된다. 세상은 시험 문제처럼 답이 정해진 게 아닌데 말이다.

노찬호의 힐링에세이

70대 축구선수

조기축구연합회장 배 대회에 **참석**했다. 오랜만에 잔디가 멋지게 깔린 운동장에 가서 선수들을 만나 이야기를 나누었다. 40대 선수들이 시합을 하고 있었다. 30대 선수팀은 다른 곳에서 시합을 하고 있다고 한다. 아마추어지만 제법 공을 잘 차는 선수도 있다. 어떤 선수는 체격도 왜소하고 실력도 부족하지만 성실함 때문에 살아남은 것 같다. 부산에는 60대 팀도 있고 70대 선수 팀도 2개나 있다. 한 선수는 자신이 60이 넘어 축구를 할 것이라고는 꿈도 꾸지 못했다고 한다. 그런데 70대 노인들이 축구를 하다니! 상상만 해도 흥분 되는 일이다. 인간은 앞으로도 계속 한계를 극복해 나갈 것 같다. 내일이 궁금하고 자꾸 기다려진다.

역사를 보면 **중세**라는 **시기**가 있다.
고대와 근세의 중간 의미이다. 그 시대에는 어떻게 살았는지 궁금하
다. 우선 중세라고 하면 멋진 기사 이야기를 떠올린다. 칼을 차고 갑옷
과 투구를 쓰고 전쟁을 치르는 모습을 본다. 멋진 왕자와 공주가 나오
는 궁중 이야기도 흥미롭다. 그런데 중세가 이렇게 멋진 사회였을까?
사실 중세는 아주 못 살았다. 봉건 영주가 농민들로부터 수탈을 하는
장원제가 있어서 생활이 윤택할 수가 없었다. 불쌍한 시대였다. 그러
나 지금의 기준으로 중세를 보는 게 과연 옳을까? 당시 사람들은 너무
행복하게 살았다고 한다. 물질적 가치보다 신앙을 우위에 두고 살았던
시대이기 때문이다. 돈이 없어도 행복한 삶을 알려면 중세를 보라!

노창동의 희망연서

유언

사람들은 보통 **죽을 때 유언**을 남긴다.
자녀에게 재산을 남기는 경우도 있지만 살아가는 데 좌우명이 될 만한
말을 남기기도 한다. 퇴계 이황 선생은 매화분에 물을 주라고 했다. 평
생 경敬을 생활 철학으로 삼은 학자다운 유언이다. 삼국지의 영웅 조조
는 다소 특이한 유언을 남겼다. 자신의 여자들에게 재산을 나눠주라는
것이다. 그리고 매월 두 번씩 동작대 앞에서 풍악을 울리라고 했다. 죽
어서도 무덤 속에서 외롭지 않게 해 달라는 유언이다. 독일의 대문호
괴테는 나에게 빛을 좀 더 달라고 외치며 죽었다. 모든 사람이 유언을
남기는 것은 아니다. 유언을 남기고 죽을 수 있다면 그것은 큰 복이다.
나는 죽을 때 뭐라고 유언을 남길까? 이황 선생이나 괴테처럼 멋진 유
언을 남기기 위해 오늘 하루도 최선을 다해야겠다.

친구들과 만나 **머리카락** 이야기를 가끔 한다.
염색을 했느냐고 묻는 친구들이 있다. 새치가 있는 것을 보여주며 염
색을 하지 않았다고 한다. 그렇지만 새치가 하나씩 늘고 있는 것을 말
해준다. 사람들은 25세까지 성장한다고 한다. 그 이후로는 노화가 진
행된다고 한다. 나이가 들수록 눈도 조금씩 나빠지고 흰머리가 생기는
것은 자연스러운 일이다. 언젠가는 거울 속에 서리가 하얗게 내린 사
람의 모습을 보게 될 것 같다. 이런 모습을 이백은 「추포가」에서 '백발
삼천장'이란 말로 실감나게 표현하고 있다. 그런데 새치가 생기면 하
나씩 뽑는 사람이 있다. 실수로 검은 머리카락을 뽑으면 자식 잃은 사
람처럼 애석해하기도 한다. 새치를 지혜의 상징으로 보면 어떨까? 새
치가 늘어나는 만큼 지혜가 늘어나니 얼마나 즐거운가!

노창동의 희망엽서

지하철
24시간 운행

고속버스 첫차나 막차를 **타고** 서울에 다녀올 때가 있다. 이 경우 부산의 지하철을 이용할 수가 없다. 지하철이 그 시간에는 운행하지 않기 때문이다. 가끔 기차를 타고 서울에 다녀올 때가 있다. 이때도 첫차나 막차를 이용하면 지하철을 이용할 수 없다. 역시 이 시간에도 지하철이 운행하지 않기 때문이다. 그래서 비싼 택시를 타거나 지하철이 운행될 때까지 1시간 이상 대합실에서 불편하게 기다리는 사람들이 있다. 서민들을 위해 서민들의 발인 지하철을 1호선만이라도 24시간 운행하면 어떨까?

10년만

이야기를 하다 보면 가끔

'10년만 더 젊었으면' 하고 말하는 사람들이 있다.

10년이란 젊음이 주어진다면 더 열심히 살 수 있었을 것이라고 생각한다. 10년 전이면 피부도 탱글탱글하니 얼마나 신이 날까. 사실 나는 10년 전이 싫다. 아니 지금이 가장 만족스럽다. 10년 전에는 내가 모르는 것이 너무 많았는데 지금은 많은 것을 안다. 건강은 10년 전이나 지금이나 큰 차이가 없다. 외모를 그때보다 더 세련되게 할 수 있는 정보도 가지고 있다. 이렇게 비교해 보면 10년 전보다 지금이 훨씬 나은 것 같다. 90세가 된 파블로 카자스가 매일 6시간씩 첼로 연습을 하고 있었다. 그 나이에 무슨 연습을 그렇게 하냐고 묻자 그는 이렇게 답했다. 이렇게 연습하면 조금씩 실력이 나아지는 것을 느낄 수 있단 말이야. 그래, 나은 하루가 쌓여서 더 나은 10년이 되는 것이다.

노찬돈의 **힘 맛을 먹어서**

흔적 이름

태초에 천지가 창조된 이후

사물에 이름이 만들어지기 시작했다.

장미, 진달래 같은 식물 이름도 있고, 호랑이, 독수리 같은 동물 이름도 있다. 사물과 마찬가지로 사람들도 자신의 이름이 있다. 동명이인도 있지만 대체로 이름으로 사람을 구별할 수 있다. 예전에는 부모님이 이름을 지어주면 죽을 때까지 그대로 사용했다. 요즘에는 부모님이 지어준 이름이 마음에 안 들면 개명하는 경우가 간혹 있다. 이름을 바꾸고 새 기분으로 인생을 시작하는 것이다. 누구든지 삶의 흔적을 이름으로 남긴다. 호랑이는 가죽을 남기고 사람은 이름을 남긴다고 한다. 아름다운 이름을 어떻게 남길까 그것이 문제이다!

연초에 여러 가지 **계획**을 세우고
하나씩 실천한답시고 **부지런**을 떨었다.

달력에 할 일을 표시해 두고 목표 달성을 다짐하기도 했다. 그런데 막
상 연말이 되니 아쉬움이 많이 남는다. 진짜 할일은 아직도 산더미 같
은데 시간은 얼마 남지 않아 마음이 급하다. 시간은 왜 이리 빨리 흐르
는지 모르겠다. 조선의 국왕 중에 정조는 매력적인 인물이다. 뛰어난
비전과 열정을 가지고 수많은 일을 했다. 규장각을 만들고 그 곳에서
한 일들은 감동적이다. 그런 정조도 늘 시간이 부족하다고 느낀 것 같
다. '일모도원!' 날은 저물고 갈 길은 멀다는 말이다. 조선의 위대한 국
왕 정조가 좋아했던 이 고사가 생각나는 연말이다.

무뎃뽀, 부산 | 부산아라 | 부산 롯데 | **부산 갈매기** | 투명한 사회, 저축은행 | 국내 박사 | **피랍 선원** | 양극화 | 곡학아세 | 하우스 푸어 | LH가 무엇인지 | **재스민, 세습** | 대학 진학률 50% | 검약, 권력 | 세금 | **등산 쓰레기** | 빨리빨리, 농경 | 헌법 국민 | 강한 법, 약한 법 | **해저** | 거짓말, 망국 | 신해통공 | **단어 맞추기** | 청요직 | 항아, 달동네 | **국가, 정의**

9장

꿈 이야기

무뎃뽀, 부산

무뎃뽀란 말이 있다.

뎃뽀가 없다는 말이다. 뎃뽀란 무엇인가? 조총을 뎃뽀라 한다. 조총은
포르투갈 선원들이 오키나와 근처 종자도에 표류했다가 일본 사람들
에게 전해준 것이다. 이 뎃뽀를 전국시대 일본의 다이묘들이 받아들여
무기로 사용하게 된다. 당연히 뎃뽀를 가진 무리는 뎃뽀를 가지지 못
한 무리보다 군사력이 월등히 앞선다. 그런데 뎃뽀도 없는 무리가 뎃
뽀가 있는 무리에게 겁도 없이 덤비는 것이 무뎃뽀이다. 이 말은 부산
사람들의 기질을 설명할 때 가끔 이용된다. 부산의 해안을 왜놈들이
노략질할 때 뎃뽀도 없는 민중들은 무뎃뽀로 저항할 수밖에 없었다.
이런 용기있는 정신이 무뎃뽀다. 부산의 어려움을 풀기 위해 다함께
무뎃뽀 정신으로 힘차게 나아가보면 어떨까?

부산은 항구 도시이다.

태평양을 향하고 있는 해양 도시이다. 이렇게 멋진 도시이지만 청년들이 떠나고 인구는 줄고 있다. '굿모닝 부산'이 만들어진 것도 이런 부산에 해양도시의 도전 정신을 살려보자는 취지였다. 부산에서 이런 문제의식을 가지고 문화적인 부분에서 접근하는 분들이 점차 늘고 있어 다행이다. 부산 국립국악원이 개원 이래 처음으로 바다를 소재로 하는 국악 뮤지컬을 만들었다. '부산아라'가 그것이다. 아라는 바다를 뜻하는 방언이다. 아라는 또 아름다운 그물이라는 뜻도 있다. 얼마나 멋지고 아름다운 말인가! 부산의 산과 바다를 무대로 구수한 부산 사투리를 사용하니 바다 냄새가 물씬 풍긴다. 내용도 재미있다. 부산을 무대로 하는 더 많은 작품들이 나오길 기대해 본다.

노창동의 희망엽서

부산 롯데

모처럼 사직운동장에서 열리는 프로야구 경기를 보러 갔다. 부산이 연고인 롯데의 경기가 있어 단체로 관람을 갔다. 치어걸의 응원하는 모습도 보고 옆의 관중과 함께 목청껏 응원하는 즐거움은 무엇과도 비교할 수 없다. 부산 사람들은 롯데팀을 참 좋아한다. 경기에 져도 좋아하고 이기면 더 좋아한다. 야구는 파란 잔디 위에서 정정당당히 경쟁하는 데에 매력이 있다. 이기기 위해 부정한 방법을 사용하지도 않는다. 부산 사람들이 롯데를 사랑하듯이 부산을 사랑하는 것은 멋진 일이다. 야구처럼 뭐든지 공정한 경쟁을 하는 문화의 도시, 부산으로 만들어야 할 것이다.

부산 갈매기

야구를 보러 가면 '부산 갈매기'란 노래를 자주 들을 수 있다.
부산 갈매기란 말이 나오면 흥이 난다. 부산하고 갈매기가 무슨 관련
이 있을까? 갈매기는 바닷가에 산다. 부산이 바다를 끼고 있으니 당연
히 갈매기가 있다. 그런데 다른 항구도시인 인천이나 목포는 갈매기를
연결시켜 부르지 않는다. 부산은 자연스레 부산 갈매기로 굳어져 있
다. 예전에 부산 갈매기란 노래가 야구장에서 응원가로 사용된 이후
이렇게 된 것 같다. 해안을 따라 갈매기가 나는 것을 보면 시원하다. 파
란 바다와 갈매기의 조화는 마치 한 폭의 수채화 같다. 갈매기가 하늘
을 향해 비상하는 모습이 얼마나 멋진가!

부산저축은행 사태가 계속되고 있다.
양파 껍질을 벗기듯이 끝이 없다. 은행 관계자 측근의 비리를 시작으로 정관계 로비 등 볼수록 가관이다. 피해자들이 모인 비상대책위원회는 목숨 걸고 농성중이라 보기에 딱하다. 그런데 갈수록 문제의 본질이 자꾸 흐려지는 것 같다. 도마뱀 꼬리 자르기 식의 검찰수사만 진행되고 있다. 그동안 부산은 뭐하고 있었나? 부산 정치권 등 모든 기득권 세력도 이 문제에 책임이 있지 않을까? 토착 비리를 뿌리 뽑아야 한다. 부산을 보다 투명한 사회로 만들어야 한다. 부산 스스로 감시, 견제하는 힘을 길러야 재발을 막을 수 있다.

국내 박사

가까운 **정치학** 교수인 **친구**를 만났다.

식사 도중에 그는 국내 정치·외교학 교수 가운데 미국 박사의 비중이 너무 높다고 한탄을 했다. 명문대학일수록 더 심해 국내 박사가 한 명도 없는 대학도 있다고 한다. 심지어 한국 정치를 미국 박사가 영어로 강의한다는 서글픈 이야기도 했다. 경제학의 경우도 비슷한 것 같았다. 미국에서 공부한 사람들이 우리 경제를 연구하고 가르치고 있다. 일본도 예전에는 외국에서 공부한 박사를 중용했지만 지금은 일본에서 사람을 키운다고 한다. 일본 국내 박사들이 노벨상도 많이 받고 있다. 미국의 수입 보따리상이 아니라 퇴계나 다산 같은 인물이 우리에게 필요하다. 국내 박사 할당제를 통해 국내의 우수 인재를 육성 하는 것은 어떨까?

피랍 선원

칠레하면 **와인**이 먼저 **떠오른다.**

칠레산 와인은 값도 싸고 맛이 좋다는 선입견이 있다. 그런데 칠레산 와인이 꼭 저렴한 것은 아닌 것 같다. 칠레가 며칠 동안 전 세계의 이목을 집중시켰다. 광부들이 갱도에 갇힌 충격적인 사건 때문이었다. 칠레 광부들이 갱도에 갇혔을 때 전 세계는 걱정하고 생환을 빌었다. 광부들이 68일 만에 구출될 때 마치 우리 가족이 살아 돌아온 것처럼 기뻐했던 기억이 난다. 그런데 정작 우리 이웃이 비슷한 고통에 처했는데도 무관심할 때가 있다. 삼호드림호가 소말리아에서 피랍된 지 200일이 넘었다. 눈물로 지새울 선원들과 가족을 생각하면 가슴이 아프다. 국민 없는 국가가 어디 있나?

양극화

감사원장 후보자의 로펌 재직시 변호사 **월급**이 **1억**원! 우리나라 현재 최저임금하고 비교하면 100배쯤 많다. 우리 헌법에는 모든 국민은 인간으로서의 존엄과 가치를 가지며, 행복을 추구할 권리를 가진다고 선언하고 있다. 100배 차이의 소득으로 생활하는데 같은 존엄과 가치를 누릴 수 있을까? 100배나 적은 소득으로 같은 행복을 추구할 수 있을까? 2,500년 전 고대 그리스에서도 소득 격차가 자꾸 벌어지자 많은 논쟁이 있었다고 한다. 소득 격차를 5배나 7배까지만 인정하자는 주장도 있었다. 더 건강한 사회를 만들려고 많은 고민들을 했던 것 같다. 모두가 행복하고 건강한 공동체를 기대하는 오늘 아침, 찬바람이 불고 너무 춥다.

노창동의 희망엽서

곡학아세

동계올림픽 유치에 드디어 성공했다. 3수 만에 뜻을 이루었으니 그 기쁨이 얼마나 클지 짐작이 간다. 당연히 축하할 만하다. 그런데 언론에 나오는 이야기를 보면 걱정이 앞선다. 경제적 효과가 65조까지 된다고 들떠 있다. 65조라고? 떼돈 번다는 이야기다. 이렇게 좋은 사업을 독일이나 프랑스에서 유치하지 못했으니 배가 아플 것 같다. 하지만 학자들은 이런 결과가 나오기 힘들다고 한다. 부풀리기가 너무 심하다. 거의 사기 수준이다. G20 정상회의 할 때도 전문가들이 20조 이상의 경제효과를 주장했다. 국민 세금 가지고 잔치하고선 돈 벌었다고 이야기한다. 아직은 곡학아세가 통하나 보다. 이런 엉터리가 눈 녹듯이 사라지는 날이 오지 않을까?

9. 9

하우스 푸어

하우스 푸어 200만 시대란 말이 있다.
하우스 푸어란 집을 한 채 소유하고 있지만 집 살 때 얻은 빚 때문에 어렵게 사는 사람들을 뜻한다. 재물이 있는 곳에 마음이 있다는 성경의 말씀이 있다. 우리나라 사람들의 마음은 오로지 내 집 마련에 쏠려 있다. 집을 위해 삶의 소중한 것을 희생하는 것을 보면 서글픈 생각이 든다. 이천 년 전 유럽의 게르만인들이 사용한 해법을 오늘 생각해 본다. 어느 누구도 땅이나 집을 소유할 수 없도록 하고 관리들로부터 땅을 배정받아 일 년만 산 뒤 이동하도록 했다. 이는 사람들이 습관에 사로잡히는 것을 막고, 넓은 땅을 욕심내어 강자가 약자 땅을 빼앗는 것을 막고, 유력자와 평민이 경제적으로 평등하게 살아갈 수 있도록 하는 것이었다.

노창동의 **희망엽서**

내가
무엇인지

'**LH** 지방이전, 내달 **결론**내릴 듯'이라는 **기사**를 봤다.
LH가 무엇인지 금방 머리에 떠오르지 않는다. 그래서 언론에 보도된
것을 찾아보니 한국토지주택공사를 줄여 영어로 LH라고 부르고 있다.
회사 홈페이지에도 LH란 표현을 여기저기에 쓰고 있다. 이 기업이 외
국인을 대상으로 하는 세계적인 기업이라면 영어로 표기하는 것이 적
절할 수도 있다. 이 회사는 분명히 한국의 정부가 세운 공기업이고 우
리 국민을 대상으로 주거 안정, 도시 개발 등의 일을 하는 기업이다. 그
런데 한국 사람인 나도 헷갈리는 영어를, 그것도 줄여서 의미가 통하지
도 않는 말을 사용할까? 쉬운 우리말로 정확하게 표현해야 사람들의
실수도 줄일 수 있고 사회적 신뢰 지수도 높일 수 있지 않을까?

재스민, 세습

향기와 이름이 좋아서 가끔 **재스민차**를 마시곤 했는데
튀니지의 **국화**인 것을 이번에 알았다.

튀니지에서 시작된 재스민 혁명이 이집트를 강타하고 리비아에 상륙
했다. 42년 장기 독재를 한 카다피의 운명이 어떻게 될지 아직 알 수가
없다. 30년 독재 이집트 무바라크나 카다피의 공통점은 장기 독재를
바탕으로 엄청난 재산을 축적한 뒤 자녀들에게 권력을 상속하려 했다
는 것이다. 부와 권력의 세습이 큰 특징이다. 우리 사회도 점차 부와 권
력의 세습이 늘어나면서 특권 신분층이 생기고 있다. 우리 사회의 역
동성을 떨어뜨리고 민주주의에 심각한 위협이 되지 않을까 걱정하는
것은 나만의 기우일까?

노창동의 **희망엽서**

대학 진학률
50%

국가 간의 **발전** 수준을 비교할 때
나라별 대학 **진학률**을 비교할 때가 있다.

보통 유럽의 선진국들은 대학 진학률이 40~50% 정도 된다. 우리와 비슷한 교육열을 가진 일본의 경우도 50% 정도 대학 진학을 한다. 선진국 중 예외로 미국의 대학진학률이 60% 정도로 높다. 그런데 우리는 무려 80% 정도나 된다. 선진국 평균의 거의 2배쯤 된다. 그러나 대졸자의 일자리는 선진국보다 많지 않다. 선진국보다 대졸자의 수요가 적은데 너무 많은 대학생이 있기 때문이다. 국민적 합의로 대학진학률을 50%정도로 하면 어떨까? 전 국민을 대졸자로 만들 게 아니라 고등학교까지만 나와도 차별하지 않는 사회를 만드는 게 중요하지 않을까?

9. 13

검약, 권력

'모래시계'란 드라마가 한때 시청자의 눈을 사로 잡았다. 주인공은 사회정의의 상징처럼 비쳐졌다. 모래시계 검사의 추락이 화제가 되었다. 이런 일이 비단 어제오늘의 일이 아니다. 청문회를 해보면 부동산 투기는 늘 기본으로 나온다. 돈과 권력을 한 번에 다 가지겠다는 욕심이 그런 결과를 만든 것이다. 군주론에 보면 군주는 검약해야한다고 한다. 아무리 재산이 많아도 흥청망청 쓰면 당할 수가 없다는 것이다. 일본도 예전에 도쿠가와 막부 시절 검약령을 만들어 강제로 지키게 한 적이 있다. 그래서 그런지 일본은 검약이 몸에 밴 것 같다. 윗사람부터 모범을 보이면 살맛나는 세상이 될 텐데…… 뇌물은 언제 없어질까?

노창동의 향엽서

세금

세금을 기분 좋게 내는 **사람**은 없을 **것**이다.

그래서 정부는 가능하면 조세 저항을 적게 하려고 한다. 간접세를 만든 것도 조세 저항을 줄이기 위한 것이다. 세금과 관련해 중국도 고민이 많았나 보다. 중국의 도량형의 역사는 길다. 전한 때는 한 자가 22.5센티미터였다. 후한 때는 이것이 23.04센티미터로 늘어났다. 그러다가 청나라 때는 무려 32센티미터로 늘어났다. 현대 중국은 한 자가 33.3센티미터라 한다. 길이와 함께 무게도 같이 변했다. 이렇게 된 이유는 국가가 세금을 더 많이 받기 위해서였다. 같은 한 자라도 길이가 늘어났으니 쉽게 더 받을 수 있는 것이다. 국민을 위해 주어야 할 국가가 얕은 꾀를 쓰고 있다.

등산 쓰레기

등산을 갈 때는 상쾌한 기분으로 출발한다. 산을 오르면 땀을 많이 흘린다. 그래서 에너지 보충을 위해 과일이나 오이 등을 준비한다. 사탕이나 초콜릿도 함께 준비한다. 도시락까지 준비하면 배낭이 제법 무거워진다. 정상에서, 가져간 먹을거리를 먹고 나면 쓰레기 처리 문제가 생긴다. 부산 금정산에 쓰레기장이 없어 쓰레기를 버릴 곳이 없다고 한다. 반면에 해운대 장산에는 쓰레기장 시설이 잘 되어 있다고 한다. 산 전문가는 말한다. 산에는 쓰레기장을 두면 절대 안 된다고. 쓰레기 되가져가기 운동을 해야 한다고 말한다. 산에는 쓰레기장이 없어야 한다는 말이 귀에 맴돈다.

노창동의 희망엽서

빨리빨리,
농경

우리 문화는 **농경**문화에 그 기반을 두고 있다.
예로부터 농업을 중시하였고 농사를 천하의 근본이라고 하였다. 조선
시대 세종은 백성들을 위해 농업에 관심을 갖고 많은 기술을 개발하였
다. 그런데도 우리가 정말 농경민족인가? 우리한테 IT 산업이 잘 맞는
다고 한다. 이 분야에 많은 투자를 하고 있고 세계시장에서 점유율도
제법 높다. 속도 경쟁을 필요로 하는 IT 산업이 우리 체질에 맞는다는
이야기도 한다. 우리 문화를 '빨리빨리'라고 말하는 외국인이 많다. 농
경문화와 빨리빨리는 어울리지 않는다. 우리에게는 고구려, 발해 시
대의 기마민족 피가 흐르는 것 같다. 말 타고 빠르게 대륙으로 진출하
는 속도의 힘이 우리에게 있는 것 같다.

헌법 국민

법에 관해 재미있는 **이야기**가 있다.

해방 직후의 일이다. 교육 받은 사람들이 적어서 법이 뭔지 아는 사람
이 많지 않았다. 어떤 사람이 헌법, 민법, 형법이 무엇이냐고 물었다.
그러자 너무나 쉽게 설명해 주었다. 헌법은 헌병이 쓰는 법이고, 민법
은 백성이 쓰는 법이고, 형법은 형사가 쓰는 법이라고 설명해 주었다
고 한다. 그럴듯한 답변이다. 법은 국회에서 만든다. 그 법에 의해 우리
의 생활이 구속 받는다. 그래서 국회는 대단한 힘을 가지고 있다. 그런
데 법률보다 더 높은 법이 있다. 헌법이다. 헌법은 누가 만드는가? 국
회의원이 만들지 않는다. 국회의원보다 높은 사람이 만든다. 바로 국
민이다. 국민들이 투표를 해 헌법을 만든다. 우리는 이것을 가끔 잊고
사는 것 같다. 국민이 국가의 주인이란 사실을!

법은 **강한 것**이 좋을까, 아니면 **약한 것**이 좋을까?

중국의 진나라는 법이 아주 엄격했다고 한다. 얼마나 엄격했던지 감옥에 사람이 없었다. 모두 사형했기 때문이란다. 바빌로니아도 비슷했다고 한다. 부랑자나 선술집에서 무질서하게 행동하면 사형을 시켰다. 간통을 하거나 도망 노예를 숨겨 주는 경우에도 사형이었다. 그런데 이들 나라 모두 오래가지 못했다. 반면 중국의 주나라는 법이 아주 약했다. 그래서 여기저기서 나라가 생겨 소위 춘추전국시대가 생겼다. 법이 너무 엄한 것도 좋지 못하고 너무 약해도 좋지 않은 것 같다. 많은 국민들이 지키기에 무리가 없는 법이 가장 좋은 법 아닐까?

해저

밤이 되면 아름다운 **달**을 볼 수 있다.
날씨가 맑은 날은 반짝반짝 빛나는 별도 볼 수 있다. 달이나 별은 지구에서 엄청나게 먼 거리에 있다. 그런데도 우리는 쉽게 볼 수가 있다. 그런데 바닷속은 100미터만 되어도 보이지 않는다. 해저 2만리라는 소설을 어릴 때 읽은 적이 있다. 흥미진진하게 읽었고 당시에는 꿈과 희망을 주었다. 지구에서 가장 깊은 곳은 만 미터 정도인데 지금까지 딱한 번 조사했다고 한다. 이곳을 세계의 몇몇 부자들이 탐사하겠다고한다. 미지의 세계를 탐험하여 인류의 미래를 개척하겠다는 꿈을 갖고있다. 우리는 어떠한가? 삼면이 바다인데 바다에 대해 너무 모르는 것이 아닌가? 오히려 일본이나 미국이 우리 바다에 대해 더 많은 연구를하고 있다니 두렵다. 장보고나 이순신처럼 바다를 지배한 훌륭한 조상들의 피가 우리 몸에 흐르고 있으니 바다 깊숙이 들어가 볼까?

9 · 20

거짓말, 망국

사람들은 살면서 **거짓말**을 하는 경우가 있다. 거짓말이 도덕적으로나 법적으로 문제가 되지 않는 경우도 있다. 그러나 거짓말이 나라를 멸망으로 이끌기도 한다. 중국 청나라 말기에는 거짓말이 엄청 심하였다고 한다. 전쟁에 졌는데도 이겼다고 보고를 하는 식이었다. 청나라의 최고 사령관인 혁산은 전투에서 패배하였지만 도광제에게 승전하였다고 거짓 보고를 한다. 그 말을 믿은 황제는 혁산에게 큰 상금을 내린다. 황제로부터 많은 돈을 받은 혁산은 영국군에게 배상금을 주고 겨우 달래 보낸다. 이런 일이 계속되면서 결국 청나라는 망하고 말았다. 사회 투명지수라는 게 있다. 북유럽의 경우 아주 높다. 우리의 투명지수는 어떨까? 거짓말하면 나라가 망한다는 사실을 알면 거짓말을 할 수 있을까?

· 꿈 이야기 ·

신해통공

조선 시대에 서울에는 시전이 큰 힘을 가지고 있었다.
시전 상인들은 보통 유력 정치인을 끼고 있었다. 관에 납품을 하고 시장
을 독점했다. 정치인들은 여기에서 나오는 돈을 기반으로 막강한 권력
을 행사했다. 금난전권이란 이름으로 서민들은 장사를 할 수 없었다.
정경유착의 대표적 행태였다. 왕도 함부로 할 수 없는 권력이었다. 이
런 권력에 정조가 칼을 대었다. 시전 상인이 깡패를 동원해 난전의 물건
을 헐값에 사서 비싸게 판다는 이유였다. 신해통공이란 역사적 결단을
정조가 내린다. 지혜와 용기가 대단하다. 이런 논리에 정치인들이 꼼
짝 못하고 손을 들고 만다. 대형 마트가 생기면서 전통 시장이 다 죽고
있다. 정조의 지혜와 용기로 이런 문제를 한 번에 해결할 수 없을까?

노창동의 **희망엽서**

단어 맞추기

한 사람이 종이에 **글**을 **적어서** 들고 있다.
첫 번째 사람이 글을 보고서 두 번째 사람에게 몸짓으로 이야기한다.
그리고 두 번째 사람은 세 번째 사람에게 그 말을 설명한다. 또 세 번째
가 다음 사람에게 설명한다. 이렇게 계속해 마지막 사람이 단어를 맞
추게 한다. 이렇게 하다 보면 중간에서 말이 조금씩 왜곡된다. 나중에
는 전혀 다른 말이 나오는 경우가 있다. 우리 삶에도 그런 경우가 많다.
처음에 말한 이야기가 왜곡되어 전혀 다른 이야기가 전달되는 경우 말
이다. 훌륭한 분들의 말씀도 그렇게 전해지는 경우가 있다. 말머리 자
르고 꼬리 자르고 하여 왜곡되는 경우도 있고 아예 다른 말이 생기는
수도 있다. 상대방의 말을 정확히 들을 줄 아는 사람이 되어야겠다.

9. 23

청요직

고려 시대나 조선 시대에 **청요직**이란 것이 있었다.

청요직은 말 그대로 깨끗하면서 중요한 직업이다. 청요직은 모든 관료들의 선망의 대상이었다. 깨끗한 자리가 힘이 있는 곳일까? 사실 요즘 기준으로 보면 힘이 없는 곳이다. 경찰이나 검찰 법원 등과 같은 곳이 아니기 때문이다. 역사를 담당하는 사관이나 왕에 대한 간쟁이나 관리들의 비행을 담당하는 언관 등이 청요직이다. 이런 자리에 서로 가려고 했다. 치열한 경쟁을 거쳐 임명되곤 했다. 요즘은 힘 있는 직업, 돈 많이 버는 직업에 사람들이 구름같이 몰려든다. 우리 사회의 기초가 되는 분야에는 파리가 날리는 상황이다. 청요직 문화를 지금 다시 부활해 보는 방법은 없을까?

노창순의 희망엽서

항아, 달동네

추석이 되면 보름달을 볼 수 있느냐가 늘 화제의 초점이 된다.
일기예보에서 비가 오는지를 꼭 확인한다. 어릴 때 달에 토끼가 있고
계수나무가 있는 줄 알았다. 중국 사람들은 토끼가 아니고 항아가 있
다고 한다. 항아는 중국 신화 속의 여인이다. 남편의 불로주를 훔쳐 먹
고 달까지 날아갔다는 것이다. 서양 사람들이 그리스 신화 속의 아폴론
을 우주선 이름으로 사용하듯이 중국 사람들은 항아를 우주선의 이름
으로 사용했다. 달동네가 있다. 달동네에는 작은 집들이 늘어서 있다.
집과 집 사이의 공간은 사람이 겨우 다닐 정도로 좁다. 불이 나면 소방
차도 다닐 수가 없다. 볼 수 있는 것은 하늘의 달 밖에 없다. 그래서 달
동네인가 보다.

9 . 25

국가, 정의

플라톤은 2천 년 전의 사람이다.

옛날 사람인 그가 국가에 대해 말한 것을 보면 감탄을 금할 수 없다. 플라톤은 국가의 구성원을 몇 가지로 나누어 지도자, 군인, 시민들이 가져야 할 덕목을 말하고 있다. 지도자는 지혜를 가져야 한다. 군인은 용기가 있어야 한다. 시민은 절제할 줄 알아야 한다. 이렇게 전체적으로 정의를 실현해야 한다는 것이다. 지도자는 지혜를 가지고 정의를 실현해야 한다고도 했다. 선거를 할 때 보면 경제 이야기를 많이 한다. 경제 대통령 이야기도 나온다. 대통령은 경제 전문가여야 한다고? 그래서 경제 전문가란 사람이 당선되었다. 경제가 좋아졌나? 역시 플라톤은 대단한 인물이다. 그는 2천 년 전에 미리 이야기했다. 정치인은 정의를 실현할 사람이라고!

미인박명, 경제 | 광종 롤러코스터 | 색계, 서시 | 빗 독촉 | 정효공주 묘지명 | 공한증 | 말뚝 마립간 | 조선, 한 | 남남북녀 | 코리아 | 좌우명 | 리디아 | 부자나라 아프리카 | 괄목상대 | 가문의 영광 | 부마 | 명의 편작 | 4대 미인 | 루쉰, 대화의 기술 | 청·일전쟁 | 일본왕 | 양동마을 서백당

10장

역사 이야기

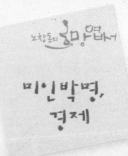

당나라에 **공녀**를 보내기 위해서인지
신라 시대에도 **미인대회**가 있었던 것 같다.

보통은 왕족 중에서 여성을 선택하여 보냈는데 별 성과가 없어서 미스 신라를 뽑았던 것 같다. 경주에서 당시 예쁘다는 여성들을 모아 놓고 심사를 벌였다. 한 번은 김정란이라는 여성이 선발되었는데 얼마나 예쁜지 몸에서 향기가 날 정도라고 삼국사기에 기록되어 있다. 김정란을 당에 공녀로 보냈다. 보통 공녀를 보내면 바로 돌려보내 주었는데 김정란을 본 황제는 한눈에 반해 버렸다. 그래서 신라에 많은 선물을 보냈다. 공녀를 통해 신라는 무역상 큰 이익을 얻었다. 미인을 수출해 경제를 살린다라! 옛날이나 지금이나 경제 살리기는 참 어려운 문제다.

천당에서 **지옥**으로 **왔다 갔다** 하면 **어떨까?**

고려 시대 사람들은 그런 황당한 순간을 현실에서 만난 적이 있다. 억울하게 천민으로 되었던 사람들을 광종 때 노비안검법을 만들어 모두 해방을 시킨다. 얼마나 기쁘고 즐거웠을까? 원래 그들은 노비가 아니었으므로 양인이 되는 것은 당연한 일이었다. 그러자 호족들이 극렬하게 반대한다. 노비들은 호족들의 권력 기반이었는데 그 기반이 사라졌기 때문이다. 결국 30여 년 뒤 성종 때 다시 법이 만들어진다. 노비환천법을 만든다. 양인으로 자유를 누리면서 생활하던 사람들이 어느 날 다시 노비 신세로 전락한다. 자유도 재산도 모두 빼앗긴다. 노비에서 양인으로, 양인에서 다시 노비로 전락한 인생. 이런 일이 눈앞에서 다시 벌어진다면 어떨까?

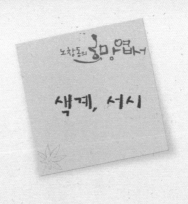

노창동의 희망엽서

색계, 서시

오월동주란 말이 있다.

오나라와 월나라가 한 배에서 만난 것인데 원수가 외나무다리에서 만났다는 말이다. 오나라와 월나라는 치열하게 싸웠다. 나라의 명운을 걸고 싸웠다. 모든 것을 다 걸었다. 월나라는 오나라보다 약하다보니 싸움에서 불리했다. 미인계를 쓰기로 했다. 당대 최고의 미인을 찾아낸다. 바로 서시란 미인이다. 그녀의 미모는 부러움의 대상이다. 그녀가 속이 아파 얼굴을 찡그리자 주변의 모든 여자들이 따라할 정도였다. 예쁜 서시가 나라를 위해 목숨을 건 첩보원이 되기로 한다. 범려의 탁월한 계책이다. 그녀의 첩보로 월나라는 승리하고 오나라는 결국 멸망한다. 색계란 영화에서 미녀 첩보원이 나온다. 서시는 이천 년 전의 색계 주인공일까?

이사벨라 버드 비숍 여사가 백 년 전 중국을 여행했다.
그러고 나서 『양자강을 가로질러 중국을 보다』란 책을 냈다. 백 년 전
중국의 모습을 여행하면서 기록한 것인데 흥미진진하게 잘 묘사했다.
그 때의 사람들의 빚 독촉 방법을 보면 재미있다. 빚을 갚게 하는 방법
으로 상대방 문짝을 떼어 간다. 문이 없으므로 귀신이 마음대로 채무
자 집에 들어가게 되어 빚쟁이는 귀신에 시달리게 된다는 이야기다.
채무자를 압박하는 방법의 하나이다. 문짝을 떼어 가기 전에 빚쟁이는
빨리 빚을 갚는 게 상책이라는 것이다. 요즘 툭하면 빚을 받기 위해 독
촉을 하다가 안되면 소송을 한다. 이런 법적인 강제 절차보다, 문짝을
떼어 가니 돈을 내라는 것이 훨씬 인간적이지 않은가?

10 · 4

정효공주 묘지명

비석을 보면 이름만 달랑 있는 것이 보통이다. 그래서 어떤 사람인지 알기가 어렵다. 묘비에 일대기를 기록하면 어떨까? 발해 시대 정효공주의 묘지명은 한 편의 드라마다. '용모는 뛰어나 옥과 같은 나무에 핀 꽃처럼 아름다웠고, 품성은 정결하여 곤륜산에서 난 한 조각의 옥처럼 온화하였다. 부부 사이는 거문고와 큰 거문고처럼 잘 어울렸고, 창포와 난초처럼 향기로웠다. 사랑의 노래를 부끄러워하고 수절의 시를 즐겨 읽었으며, 크게 어질고 근심으로 즐거워하지 않는 중에 세월이 어느덧 빨리 지나 공주도 하직을 하였다. 장례가 이미 끝나 상여가 돌아갈 때, 공주의 혼은 하늘로 올라가고 사람들은 집으로 되돌아오니 뻘피리 소리 구슬프고 호드기 소리 처량하다.' 묘지명이 있어 정효공주가 괜히 친근하게 느껴진다.

공한증

한국과 **중국**이 **축구** 시합을 하면 **보통** 한국이 **이긴다**. 그래서 중국은 공한증을 가지고 있다고 한다. 한국에 대해 공포를 가지고 있다는 뜻이다. 축구 이전에도 중국은 공한증이 있었다. 중국은 수나라 시절 고구려에 공포심을 가지고 있었다. 수나라 양제가 100만 대군을 이끌고 고구려를 침공했지만 30만 대군이 살수에서 몰살당한 뒤 나라가 망했다. 당시 수나라의 고구려에 대한 공포심이 얼마나 심했으면 노래까지 있었을까. 요동 땅에 가서 헛되이 죽지말라는 노래가 수나라 말기에 민간에 널리 퍼져 있었다고 한다. 그런 고구려의 기상이 우리에게 내려오고 있는 것이겠지.

노창동의 희망엽서

말뚝 마립간

국가원수를 대통령이라 하는데
이는 크게 다스리고 명령한다는 뜻이다.

권위적이고 고압적인 이름이다. 대통령을 달리 부르는 적당한 말이 없
을까? 신라 시대에 왕의 명칭이 여러 번 바뀌었는데 재미있는 명칭이
있다. 신라 시대의 왕을 부르는 이름 중 마립간이 있다. 눌지마립간이
처음이다. 마립간의 뜻은 말뚝이라고 한다. 왕을 말뚝이라고? 재미있
다. 한 나라에서 가장 힘이 센 사람을 말뚝이라고 부른다는 것이다. 당
시에 말뚝을 관위에 따라 배치했다고 한다. 왕의 말뚝을 중심으로 그
아래에 신하의 말뚝을 벌여 두었으므로 왕을 이렇게 불렀다는 것이다.
신라인들은 작명에 일가견이 있는 것 같다. 작명이 필요하면 그들에게
물어봐야겠다.

조선, 한

이름을 보면 그 **뿌리**를 알 수가 있다.

같은 뿌리에서 나왔으면 뭔가 비슷한 것이 있다. 나라 이름을 보면 그렇다. 우리는 한국이라 하고 북한은 북조선이라고 한다. 우리 역사상 조선이라는 국호는 최근 500년 이상 사용한 친근한 이름이다. 이를 북한은 사용하고 있다. 우리는 고대 삼한이란 이름에서 한을 따와 대한민국이라는 국호를 지었다. 그러니 한이나 조선은 다 같은 뿌리에서 나온 이름이다. 기독교도 비슷한 것이 있다. 대한 예수교 장로회가 있다. 또 대한 기독교 장로회가 있다. 예수교하고 기독교는 같은 말이다. 원래 같은 뿌리에서 나온 것이라 그런 것이다. 같은 뿌리에서 나와 이렇게 따로따로 있는 게 너무 오래되었다. 같은 뿌리는 같은 줄기로 뭉치는 게 순리 아닌가?

노창동의 희망엽서

남남북녀

어릴 때 **많이** 듣던 말 중의 하나가 '**남남북녀**'란 말이다. 남쪽의 남자, 북쪽의 여자라는 말이다. 남자는 남쪽 사람이 인물이 좋고 여자는 북쪽 여자가 인물이 좋다는 말이다. 가끔 방송을 통해 나오는 북쪽 여자들을 보면 예쁘다는 느낌이 들기도 한다. 그런데 이 말에 다른 뜻이 있다고 한다. 혼인할 때 배우자는 먼 곳에서 찾아야 한다는 뜻이란다. 다른 문화와 생활, 경험 등을 가진 사람과 결혼하는 것이 좋다는 것이다. 고려 시대 왕실은 유난히 출생률이 낮았다고 한다. 1명의 비가 1명 정도의 자녀를 낳아 당시 평균인 4명에 비해 훨씬 적었다. 근친혼이 그 원인이었을 것이라고 한다. 요즘 다문화 가정처럼 남남북녀에 적합한 것이 있을까?

10 · 9

우리나라를 **코리아**라고 부르는 것은 **고려** 시대부터이다. 고려 시대는 국력도 융성했고 무역도 성행했다. 그런데 우리가 고려의 수도 개경에 갈 수 없으니 잊혀진 왕조가 되어 버렸다. 사실 고려는 대단했다. 13세기 초 유럽에서 가장 큰 도시가 이탈리아의 피렌체였다. 인구가 10만 명쯤 되었다. 다른 유럽의 도시는 2만 명을 넘는 경우가 많지 않았다. 그런데 1차 몽골 침략기인 1231년 당시 개경의 호수가 10만이었다고 한다. 당시 한 가호당 5인 정도였으니 개경 인구가 50만이나 된다. 무역을 하러 온 서양인들의 눈에는 고려가 경이롭게 보였을 것이다. 그래서 코리아라는 이름을 붙였을 것 같다. 경이로운 고려가 우리에게서 자꾸 멀어져 간다.

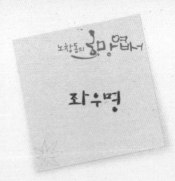

노창동의 희망엽서

좌우명

사람들은 살아가면서
삶의 지침이 되는 것을 마음속에 하나씩 가지고 있다.
집에서는 가훈이란 이름으로 액자를 걸어두기도 한다. 그 가운데 많이
볼 수 있는 것이 '가화만사성'인 것 같다. 보통 가정의 화목을 가장 중요
하게 생각한다. '윤집궐중'이란 말도 있다. 진실로 그 중심을 잡으라고
하는 뜻이니 중용을 지키라는 뜻이리라. 중국의 요임금이 순임금에게
했다는 말이다. 개인적으로 '초지일관'이라는 말을 좋아한다. 처음에
세운 뜻을 끝까지 밀고 나간다는 뜻이다. 그런 마음으로 20년째 금정
에서 한 우물을 파고 있다. 사하라 사막과 같은 금정에서 3번씩이나 우
물을 팠지만 실패했다. 그래도 즐거운 마음으로 또 도전하고자 한다.
우물이 있어야 우리가 살 수 있는 것 아닐까?

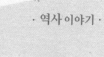

역사를 보면 많은 나라가 생겼다가 사라졌다.

우리도 고구려, 백제, 신라가 있었고 발해가 있었다. 서양에도 기원전 800년 무렵 히타이트가 멸망하자 리디아가 생겨났다. 리디아는 단명 왕국으로 끝이 났다. 리디아 왕 중에 크로이소스가 떠오른다. 그는 한창 때 전쟁을 하기만 하면 이겼다. 그런 그가 페르시아의 키루스 군대와 싸우다 패하고 포로가 된다. 페르시아 왕은 크로이소스를 처형하기 위해 나무 단을 쌓고 그 위에 묶어 놓고 밑에서 불을 지른다. 크로이소스가 울부짖는다. 이유가 궁금한 페르시아 왕이 크로이소스를 풀어 주고 그 이유를 묻는다. 크로이소스는 인생이 너무 허무하다는 이야기를 한다. 페르시아 왕은 크게 깨닫고 그를 살려두고 신하로 삼는다. 왕의 인생도 알 수 없는 것이니까!

부자나라 아프리카

다문화 가정이란 말이 자주 오르내린다. 외국인과 결혼하여 가정을 이룬 경우가 부쩍 늘었기 때문이다. 예전에 비해 우리 사회가 타 문화에 대한 이해의 폭도 자연스럽게 넓어졌다. 그런데 아직도 약간의 선입견을 가지고 있는 것 같다. 서양인이면 부자이고 교양이 있는 것처럼, 아프리카인이면 못 살고 못 배운 사람으로 쉽게 규정한다. 정말 그럴까? 천 년 전쯤 전 세계의 생활수준이 거의 비슷했다고 한다. 오히려 아프리카가 유럽보다 더 잘 살았다. 200년 전 산업혁명이 일어난 뒤 유럽이 앞서기 시작했다. 서양이 부자가 된 것은 얼마 전의 일이다. 그러니 백인은 원래 잘 살고 우수하다는 생각을 가진다면 웃기는 것이 아닐까?

괄목상대

'괄목상대'라는 말이 있다.

눈을 비비고 다시 본다는 뜻이다. 삼국지 여몽의 이야기에서 유래한다. 오나라 손권이 여몽더러 무예는 뛰어나지만 학식이 없다고 나무란다. 여몽은 나름대로 자존심이 강한 사람이다. 여몽은 그날 이후 진짜 열심히 책을 읽는다. 얼마 후 학식이 뛰어난 노숙이 여몽을 찾아와 이야기를 한다. 노숙은 여몽의 학식에 깜짝 놀란다. 여몽은 선비가 이별한 지 사흘이 지나면 눈을 비비고 다시 보아야 한다고 말한다. 여기서 괄목상대란 말이 유래한다. 주변 사람들을 만나면 주로 돈 이야기를 한다. 아니면 승진했냐는 이야기다. 피곤한 이야기다. 돈 버는 재주가 없는데 그런 이야기가 나오면 정말 고역이다. 만나면 괄목상대했다는 이야기를 듣고 싶다.

10·14

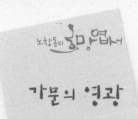

노창동의 희망엽서

가문의 영광

'**가문**의 영광'이란 영화가 **인기**를 끌고 있다.

인기를 끌자 연속으로 계속 나오고 있다. 가문이란 것이 성씨 중심이다. 성씨를 중심으로 계속 내려오면서 명성을 유지하는 것이다. 우리에게는 김, 이, 박 등 다성을 포함해 여러 가지 성들이 있다. 이런 성씨들이 만들어진 것은 그리 오래 된 것은 아니다. 서양도 그런 것 같다. 네덜란드의 경우 원래 성이 없는 사람들이 많았다고 한다. 그러다가 나폴레옹 점령기에 세금 부과를 위해 급히 성을 만들라고 명령을 내렸다. 그러자 반항적인 일부 시민들이 성을 욕설로 만들었다고 한다. 아뿔싸! 그 후 후손들은 욕을 성으로 사용하고 있다. 가문의 영광이 아니라 가문의 망신을 당하고 있는 것이다.

10·15

부마

왕의 **딸**인 **공주**와 **결혼한 사위**를 **부마**라 부른다.

왜 왕의 사위를 부마라고 할까? 공주와 결혼한 사위에게 벼슬을 주어야 하는데 마땅치 않았나 보다. 왕자나 공주는 그 자체로 대접을 받지만 공주 남편은 애매하였다. 그래서 부마란 자리를 주었다. 부마란 말 그대로 말을 돌보는 직업이다. 예전에는 말이 전쟁에서 중요한 물자이므로 이를 관리하는 것은 중요한 일인데 이를 사위에게 맡긴 것이다. 말을 관리한다는 부마란 의미가 왕의 사위를 뜻하는 말이 된 것이다. 부마란 자리는 그리 좋은 것은 아닌 것 같다. 처가와 장인의 눈치를 많이 보고 살았다. 왕이 되어도 몸에 배인 눈치 보는 습관은 쉽게 없어지지 않는다. 요즘은 결혼하면 모두 부마처럼 처가 눈치만 보고 있다.

노창동의 희망엽서

명의 편작

치료하기 힘든 **병**을 고치는 **사람**을 **명의**라고 한다. 명의는 대단한 명성을 가지고 있어 많은 환자들이 치료 받기를 원한다. 예약하고 몇 달씩 기다려야 겨우 몇 분 정도 진료를 받을 수 있다. 그런데 이런 명의도 못 고치는 병이 있을까? 옛날에 편작이라는 명의가 있었다. 그는 삼국지의 조조를 치료한 화타만큼 뛰어난 인물이다. 편작은 고칠 수 없는 병이 6가지 있다고 했다. 교만방자하여 병의 원리를 논하지 않는 경우. 몸을 가벼이 여기고 재물이 아까워 치료를 하지 않는 경우. 입고 먹는 것을 적절히 하지 않고 마음대로 하는 경우. 무당의 말을 믿고 의사를 믿지 않는 것 등이다. 명의 편작이 살아있다면 요즘 사람들의 병을 어떻게 볼까?

4대 미인

중국에 4대 미인이 있다.

물고기가 보고 그 미모에 빠져 헤엄치는 것을 잊고 가라앉았다는 서시, 기러기가 나는 것을 잊고 땅에 떨어졌다는 양소군, 달이 부끄러워 구름 뒤에 숨었다는 초선, 꽃이 부끄러워 고개를 숙였다는 양귀비를 중국에서는 4대 미인이라고 한다. 예전에 중국에서 4대 미인 그림을 보았다. 어떤 화가는 평생 4대 미인만을 그린다고 한다. 얼굴이 그렇게 예뻤으면 행복하게 잘 살았을까? 미인과 행복은 별 상관관계가 없는 것 같다. 서시는 오나라 왕 부차를 죽이는 데 공을 세우지만 자살한다. 양귀비는 안녹산의 난 이후 목숨을 잃고 만다. 미인이라 해서 부러워할 필요가 있을까? 미인은 역사책에서 보고 즐기면 족하지 않을까?

10 · 18

사람들과 만나 **대화**를 할 때가 **많다.**

처음 만나 이야기를 할 때는 상당히 곤혹스러울 때가 있다. 많은 지식을 가진 사람을 만날 때가 특히 그렇다. 이때는 상대방의 이야기를 주로 듣는 입장이다. 내가 상대방보다 조금 많이 아는 경우에는 말이 많아진다. 상대방이 지루해 하는 것도 모르고 막 이야기를 한다. 어떻게 대화를 하는 게 좋을까? 중국의 대 문호 루쉰도 대화를 하는 데 어려움이 많았나 보다. 루쉰은 『아큐정전』등 소설을 통해 중국 근대사에 큰 발자국을 남긴 대문호이다. 루쉰은 유명한 학자와 대화 때 마치 모르는 것이 있는 것처럼 대화하라고 한다. 너무 모르면 무시당하고 너무 알면 싫어한다고 한다. 인간의 심리를 잘 파악한 것 같다. 적당히 아는 척하기가 쉽지 않다.

청·일전쟁

청·일전쟁은 **청나라**와 **일본**이 **싸운 것이다.**
전쟁은 어디에서 벌어졌을까? 청나라인가? 아니면 일본인가? 일본도
청나라도 아닌 조선 땅에서 벌어졌다. 조선에서는 동학 혁명으로 구시
대의 종말을 고하고 새로운 질서가 만들어질 분위기였다. 이때 청나라
가 조선 조정을 돕는다는 명분으로 파병한다. 그러자 일본도 조선에서
세력을 만회하기 위해 파병하여 청나라와 일전을 벌인다. 평양 전투와
압록강 어귀 싸움에서 일본이 승리한다. 일본은 시모노세키 조약을 맺
어 뒤처리하며 청으로부터 막대한 전쟁 배상금을 받는다. 청·일전쟁
으로 조선은 많은 피해를 입었다. 그런데 청·일전쟁이란 말에 조선의
슬픈 이야기가 보이지 않는다.

일본 왕

영국의 왕자가 **결혼**하는 모습이
언론을 통해 **전 세계**에 **보도되었다.**

영국은 오랜 민주 전통과 왕실이 공존하는 나라이다. 아시아에서는 드물게 일본에 왕실이 있다. 일본은 왕실을 기본으로 하여 민주주의와 근대화를 함께 이룬 독특한 나라이다. 일본 왕도 영국처럼 오랜 전통을 가진 것일까? 일본의 천황제는 1880년대에 만들어진 것으로 본다. 그 전에는 막부가 권력을 잡고 있었고 왕은 형식적으로 껍데기만 남아 있었다. 그런데 1868년 메이지유신을 성공시킨 사무라이들이 폐기처분된 천황제를 선반에서 끄집어낸 뒤 먼지를 떨어냈다. 그리고 이것을 국민 통합의 구심점으로 화려하게 부활시켰다. 기발한 상징물이다. 기껏해야 100년 조금 넘는 역사를 가진 왕을 잘도 이용해 먹고 있으니 신기하다.

양동마을 서백당

경주에 **양동마을**이 있다.

손씨와 이씨 마을로 500여 년 동안 전통을 이어오고 있다. 조선의 뛰어난 유학자 회재 이언적 선생도 이 마을에서 태어났다. 양동마을의 역사성이 인정되어 얼마 전 유네스코에서 세계문화유산으로 지정되었다. 양동마을의 특징은 옛날에 지어진 집에 실제 사람이 살고 있다는 점이다. 보물인 무첨당도 안쪽에는 집주인이 거주하고 있어서 출입을 금한다는 안내판이 있다. 양동마을 산 중턱에 가면 손씨의 종갓집으로 서백당이 있다. 서백이란 하루에 참을 인 자를 백 번 쓴다는 뜻이다. 옛날 대가족제도 아래에서 종손은 얼마나 힘든 일이 많았을까? 종손으로서 인내심을 기르라고 이런 가르침을 주었다고 한다. 힘든 일이 있을 때 종손의 심정으로 서백을 해보면 어떨까?

10 · 22

스토아 | 황제의 구슬찾기 | 지혜 | 기명 | 꿈을 깨다 | 노래방 공자 | 거미집, 예측 | 대학총장선거 | 버스 안 | 스마트, 섬세 | 하마평 | 애국가 | 연설 | 열등감 캐로더스 | 동양, 서양 | 미시전쟁 | 화이부동 | 예, 태양 | 대교약졸 | 마르탱게르, 가짜 | 진리 | 처자 공유 | 한글 토트 | 가문 | 수감율 | 선진국, 투표율 | 정기 검사 | 잠룡

11장
지혜 이야기

노창동의 힘이 되는 책여행

스토아

고등학교에 다닐 때 **로마** 황제 마르쿠스 **아우렐리우스**가 쓴 『**명상록**』이란 책을 수업 시간에 읽은 **적**이 있다. 제국의 황제가 전쟁터에서 책을 읽고 글을 쓴다는 것이 놀라웠다. 인간의 삶에 대한 폭 넓은 이해를 바탕으로 한 그의 글에 큰 감동을 받았다. 그는 황제이자 철학자였다. 스토아학파의 영향을 주로 받았다. '스토아'란 무슨 말일까? 햇볕도 피하고 비도 피하려면 강의실이 있어야 한다. 스토아 학파의 학자들은 너무 가난해서 공부할 강의실이 없었다고 한다. 강의실 마련할 돈이 없어 길거리에서 공부해야 했다. 남의 눈치 보며 큰 기둥 옆에 모여 겨우 공부할 수 있었다고 한다. 그 기둥을 스토아라고 한다. 스토아 옆에 앉아 『명상록』을 읽으며 아우렐리우스의 지혜를 배워볼까 한다.

11 · 1

황제의 구슬찾기

황제에게는 **현주**라는 **구슬**이 있었다.
세상만사를 꿰뚫어 볼 수 있는 구슬인데 적수란 강에 나들이 갔다가 잃어버렸다. 이 구슬을 어떻게 찾을까? 황제는 가장 지혜가 뛰어난 자에게 이를 찾게 한다. 그러나 실패한다. 눈이 밝은 이주로 하여금 찾게 한다. 1백보 앞의 바늘도 찾는 시력이다. 역시 실패다. 그래서 힘이 세고 끈기 있는 끽구가 나선다. 끈기 있게 찾아보았지만 역시 실패한다. 마지막으로 항상 술에 취해 있는 상망이 찾아보겠다고 나선다. 황제는 별로 믿지 않았지만 상망은 쉽게 찾아낸다. 장자의 천하편에 나오는 이야기이다. 인간의 지식이나 이주, 끽구 등의 재능으로 도달할 수 있는 것은 한계가 있다. 길이 안 보이면 상망처럼 마음을 한번 비워보자. 그러면 깊숙이 감춰진 보배가 보이지 않을까?

사람들은 학교에서 **여러** 가지를 배운다.

어릴 때는 수를 배운다. 덧셈, 뺄셈 등을 배우면 살아가는 데 유익하다. 돈을 벌면 계산을 하는 게 꼭 필요하니까 말이다. 글을 읽고 쓰는 것도 배운다. 그래야 간단한 편지도 쓸 수 있고 계약서 등을 읽을 수 있다. 대학을 다니면 좀 수준 높은 공부를 할 수 있다. 대학원 과정에서 박사까지 공부하면 많은 것을 알게 된다. 그런데 문제가 있다. 이렇게 공부하면 지식은 갈수록 쌓이는데 지혜는 별개의 문제인 것 같다. 많이 아는 사람이 반드시 현명한 것 같지는 않다. 오늘 길에서 만난 노인은 본인 말대로 좀 무식한 것 같았다. 그러나 말 한 마디 한 마디가 지혜로움이 느껴졌다. 나이가 들수록 지혜가 늘어야 하는데 생각보다 쉽지 않다.

항상 마음에 새겨야 할 좋은 **글귀**가 있다.
그것을 액자로 만들어 집에 걸어두기도 한다. 책갈피로 만들어 책을
볼 적마다 보기도 한다. 옛날에는 기명이라는 것이 있었다. 그릇에다
삼강오륜 같은 글귀를 새긴다. 그리고 그 그릇으로 음식을 먹을 때마
다 그 글귀를 읽고 경계하였다고 한다. 요즘 그릇에는 그런 글귀를 보
기가 쉽지 않다. 그릇에서 많이 볼 수 있는 글자는 목숨수 자나 복복 자
정도이다. 얼마 전 도자기 만들기 체험을 할 때 기명 흉내를 내보았다.
컵을 만든 뒤에 내가 좋아하는 글귀를 새겨 넣었다. 그 컵을 사용하지
는 않지만 볼 때마다 그 뜻을 생각해 본다. 내 주변에서 가장 자주 볼 수
있는 물건에 어떤 글귀를 써 놓을까?

노랑눈의 희망일써

봄을 깨다

산에 가면 **아름다운 꽃**이 피어 있는 **것**을 **볼** 수 있다. 땀을 흘리며 등산하면서 꽃에 취하기도 한다. 정말 아름답다. 꽃을 통해 봄이 온 것을 느낄 수 있다. 추운 겨울이 지나니 이렇게 아름다운 봄이 온다. 자연은 세월이 흘러도 늘 아름답고 멋지게 변한다. 나도 자연처럼 세월이 흘러도 아름답게 변하면 좋을 텐데 나이만 더 먹는 것 같다. 오히려 더 아둔해지고 길 한 가운데서 헤매고 있는 모습이다. 율곡 선생이 『격몽요결』이란 책을 써서 어리석은 아이들을 교육시키고자 했다. 격몽이란 뜻이 재미있다. 몽이란 것이 어리석다는 것이니 격몽은 어리석음을 깬다는 것이다. 어리석은 머리를 깨어 지혜롭게 만든다는 말이 나에게 필요한 말이다. 오늘은 율곡 선생을 찾아뵙고 격몽이나 해볼까?

· 지혜 이야기 ·

노래방 공자

가까운 사람들을 **만나면** 가끔 **노래방**에 간다.
노래방에 가면 물고기가 물을 만난 것처럼 좋아하는 사람들이 있다.
마이크를 잡으면 놓을 생각을 안 한다. 노래를 하고 싶어 차례를 기다
리는 사람이 있어도 계속 한다. 가끔 정말 노래를 잘하는 사람도 있다.
가수를 뺨치는 정도의 실력을 갖춘 사람들이다. 이런 사람이 중간에
노래를 해 버리면 그 뒤 사람들은 김이 빠진다. 스트레스를 풀기 위해
한 곡을 하고 싶지만 자신감을 완전히 상실해 버리고 만다. 노래를 못
하는 내 경우가 그렇다. 공자님은 학문적으로 뛰어났을 뿐 아니라 음
악에도 조예가 깊었다고 한다. 음악 소리를 들으면 곡에 대해 정확한
해설을 할 정도였다고 한다. 나도 공자님처럼 음악을 잘하고 싶다.

노찬호의 힁유답서

거미집, 예측

거미집을 보면 정말 **기**가 막힌다.

어떻게 저렇게 정교하게 실로 짤 수 있을까 싶다. 거미는 단지 자기의 집을 지은 것뿐이다. 집에 적이 오면 바로 실로 감아 잡는다. 이런 거미 집이 우리 생활을 설명하는 데 쓰인다. 거미집이론이 있다. 배춧값 폭락을 설명할 때 많이 쓰인다. 배춧값이 비싸면 다음 해 배추를 많이 심어 가격이 폭락한다는 것이다. 간단하면서도 쉬운 말이다. 그러면 어떻게 하면 되는가? 배춧값이 비싸면 그 다음 해 적당하게 배추를 심도록 해야 한다는 것이다. 올해 과일 값이 너무 비싸다. 작년의 두 배다. 국민들은 건강을 위해 과일을 먹어야 한다. 그런데 이렇게 과일값이 비싸면 어떻게 사먹을 수 있나? 잘 모르면 거미한테 한 번 물어보길 권한다.

대학총장
선거

집 근처에 **국립대학**이 있다.
그래서 자연스레 대학가 소식을 많이 듣게 된다. 요즘 대학 총장 선거
를 한다고 한다. 언론에서도 이 대학의 총장 선거에 대한 보도를 가끔
한다. 아직 선거가 제법 남았는데 선관위가 모 후보를 선거법 위반으
로 고발했다는 보도가 있다. 내용은 이렇다. 어떤 후보가 유권자인 교
수를 모아 놓고 밥을 사 주었다는 것이다. 대학총장선거에 불법이 있
다니? 대학 사회는 우리 사회에서 가장 학력 수준이 높은 집단이다. 이
런 곳에서 평균적인 국민이면 누구나 지킬 수 있는 선거법도 못 지킨
다? 이런 일이 있을 수 있을까? 사실 크게 놀랄 필요가 없다. 민주주의
와 박사 학위는 관련이 없는 것이니까. 적게 배운 사람도 민주 시민이
되는 데 부족함이 없다. 건강한 시민들이 주인이 되는 좋은 사회를 꿈
꾸어 본다.

노창동의 희망엽서

버스 안

버스를 가끔 **이용**한다.

지하철과 환승이 가능해져 이용이 더 많아졌다. 버스를 탈 때 고민이
있다. 좌석에 앉아 있다가 정류장이 다가오면 불안해진다. 보통은 달
리는 차 속에서 출입구 쪽으로 이동한다. 흔히 정류장에 차가 서기 전
에 출입구에 서 있어야 한다고 생각한다. 기사와 승객들이 그렇게 믿
고 있다. 그래야 정차 시간을 줄일 수 있다는 생각을 가지고 있다. 그런
데 차가 달리고 있는데 좌석에서 일어서서 걸어가는 것은 위험하다.
차가 달리다가 장애물이 나타나 급정거라도 하면 진짜 위험하다. 일본
의 경우는 기사가 달리는 차 속에서 승객의 이동을 금지하는 방송을 한
다. 우리도 운전기사에게 그런 의무를 부여하는 것은 어떨까?

· 지혜 이야기 ·

스마트, 섬세

스마트란 말이 대유행이다.

그 핵심에 스마트폰이 있다. 스마트폰을 쓰면 여러 가지 편리한 점이
있다. 길에서도 메일을 확인할 수 있다. 카카오톡을 통해 그룹 채팅을
하는 것도 즐거움 중의 하나다. 기차표를 언제 어디서나 바로 예매할
수도 있다. 사진을 찍고 싶으면 바로 디카로 변신하여 순간을 기록할
수도 있다. 그런데 주변에 스마트폰 반대 운동을 펼치는 분이 있다. 스
마트폰 때문에 지인과 크게 싸웠다고 한다. 문자를 쓴 뒤 수신자를 잘
못 지정한 뒤 실수로 터치해 버렸다. 엉뚱한 메시지를 받은 당사자는
크게 화를 냈다고 한다. 터치란 것이 너무 섬세하다보니 순발력이 떨
어지는 나이 든 사람에게는 힘든 일이다. 나이 든 사람을 위해 스마트
폰이 덜 섬세할 필요가 있는 것 같다.

노창동의 희망엽서

하마평

개각이 있거나 **관직** 이동이 있을 **때**마다
여러 가지 이야기가 **나돈다.**

관리들의 인사에 대해 여러 가지 이야기가 나오는 것을 하마평이라 한
다. 이 말의 유래가 재미있다. 하마란 것은 말에서 내리는 것이다. 말에
서 내려서 평을 하는 것이다. 누가 이렇게 평을 하는 것일까? 조선 시대
에 관리들이 말을 타고 다녔다. 주인들이 말을 타고 일을 보는 사이 하
인들이 모여 주인들의 인사에 대해 이러쿵저러쿵 이야기를 하였다고
한다. 자기가 모시는 주인이 출세해야 좋으니 당연히 관심이 많았을
것이다. 주인이 말에서 내린 뒤 하인들이 인사에 대해 한 마디 한 것을
하마평이라 한다. 요즘은 언론이 하마평을 주로 쓴다. 그렇게 보면 옛
날 하인들이 하는 일을 기자들이 대신해 주는 셈이다.

월드컵 축구를 볼 때다. 경기를 시작하기 전에 국가가 나온다. 선수들은 운동장에서 가슴에 손을 얹고 있다. 관중들도 국가를 들으며 가슴이 벅차오르는 것을 느낀다. 국가를 들을 때 누구나 애국자가 된다. 각 나라마다 국가의 가사가 다르다. 우리나라는 동해물과 백두산으로 시작한다. 애국가의 가사가 우리 국토를 잘 보호하자는 내용이다. 가사를 보면 가슴을 뜨겁게 할 만한 내용이 없다. 프랑스의 국가는 혁명 당시의 노래를 그대로 사용해서 다소 격정적이다. 흥분시키는 내용들이 있다. 아프리카나 유럽의 국가를 보면 보통 자유를 얻기 위한 투쟁 등을 가사로 하고 있다. 애국가를 들으면 우리 민족의 순하고 아름다운 심성이 강하게 느껴진다.

노창곮의 **희망엽서**

연설

남 앞에서 말 잘하기가 쉽지 않다.

적절한 어휘를 구사해야 하는데 준비 없이 말 하는 것은 어렵다. 자주 말을 할 기회가 있지만 늘 조심스럽다. 동양에서는 예로부터 말을 너무 잘하는 것을 경계했다. 말을 너무 잘하면 그 사람의 덕이나 인품이 가려진다고 본 것이다. 반면 서양에서는 말 잘하는 것을 예로부터 중요시했다. 고대로부터 수사학을 가르치고 웅변술도 가르쳤다. 로마의 키케로 같은 지성인은 수사학에 대한 책을 낼 정도로 연설을 중요시하였다. 서양에서 연설을 잘한 사람들이 많은데 가장 오래된 연설문이 지금도 있다니 놀랍다. 고대 그리스 페리클레스의 추모 연설이 그것이다. 2,500년 전의 연설문! 문장 하나하나가 정말 멋지다.

**열등감
캐로더스**

나보다 잘생긴 사람을 보면 **열등감**을 느끼게 된다.

나보다 똑똑한 사람을 볼 때도 그런 느낌이 든다. 이런 열등의식은 누구나 조금씩은 있는 것 같다. 약간의 열등의식은 오히려 긴장감을 생기게 해 일을 더 열심히 하게 만드는 효과가 있기도 하다. 그런데 똑똑한 사람도 열등감이 있는 것 같다. 인류 생활을 바꾼 것에 나일론이 있다. 이 나일론을 발명한 캐로더스란 위대한 화학자가 있다. 그는 당시 하버드 대학의 교수로 있다 듀폰사에 스카우트되어 연구를 계속했다. 그는 나일론 발명 후 41세의 나이로 호텔에서 자살했다. 자기가 너무 무능하다고 우울증에 빠져있다가 결국 죽었다고 한다. 세계 최고의 과학자가 무능하다면 일반사람들은 어떻게 살라고!

노찬홀의 희망엽서

동양, 서양

서양이 늘 동양보다 앞섰을까?

사실 지금은 서양이 동양보다 훨씬 잘 산다. 서양을 선진국이라 하고
동양은 일본 외에는 선진국이 없다. 17세기까지만 하더라도 중국이 유
럽보다 과학 기술이 앞섰다. 그러던 중국이 왜 서양에 뒤지기 시작했
을까? 서양이 과학혁명을 이루었기 때문이다. 갈릴레이와 뉴턴으로
상징되는 고전 역학이 나타났기 때문이다. 뉴턴의 사과는 혁명의 시작
이었다. 아리스토텔레스 이후의 질적인 세계관에서 양적인 세계관으
로 바뀌었다. 이로부터 서양의 과학 기술은 비약적 발전을 이루게 된
다. 동양은 거북이 걸음으로 진보한다. 세상은 늘 변하는 것 같다. 먼저
된 것이 뒤처질 수 있는 게 진리이다.

· 지혜 이야기 ·

미시전쟁

영화 중에서 **전쟁**을 소재로 한 **것**이 많다. 전쟁 영화는 보통 선악을 쉽게 구분할 수 있어서 쉽고 재미있게 볼 수 있다. 총을 들고 싸우는 전쟁은 아니지만 많은 사람을 죽이는 전쟁이 또 있다. 전염병이다. 사람 몸 안에서 바이러스와 정상 세포의 치열한 전쟁이 전염병이다. 전쟁처럼 무시무시해 전염병을 미시전쟁이라고도 한다. 1918년에 발병한 스페인 독감으로 죽은 사람의 숫자가 1차 세계대전의 사망자의 3배나 된다. 스페인 독감으로 2,500만에서 5천만 가량이 사망했다. 조선에서도 당시 무려 14만 명이 죽었다고 한다. 주변에 싸워야 할 적이 너무 많다. 온갖 유혹의 전염병과 날마다 싸워야 한다. 잘못하면 전사할 수도 있다. 효과적인 무기를 빨리 개발했으면 좋겠는데…….

노창동의 **홍운유법너**

화이부동

주역^{이란} 무엇인가?

보통 점치는 책이라고 알고 있다. 그런데 공자가 애독하였다고 한다.
대학자 공자가 즐겨 읽었다니 당연히 호기심이 생길 수밖에 없다. 그
래서 책을 펴보니 제법 흥미롭다. 사람이 마주치는 현실을 8괘로 해석
하는 것이다. 기본적으로 64가지의 상황을 정해 놓고 인간사를 설명
하고 있다. 그 중에 화이부동이란 말이 눈에 띈다. 남과 사이좋게 지내
기는 하나 무턱대고 어울리지 않는다는 말이다. 보통 우리는 획일적인
것을 강요당한다. 사람이 어떻게 똑같을 수 있나? 5천만 인구는 다 다
르지 않나? 사람마다 다르게 사는 게 맞는 것 같다. 다만 조화롭게 살아
야 하는 것은 사실이다. 자신의 개성을 마음껏 발휘해 보자. 화이부동
이면 되니까.

날씨가 너무 덥다.

갈증이 나서 물을 마셔도 또 갈증이 난다. 더운 날씨에 대해 재미있는
이야기가 있다. 태양이 10개 있었다고 한다. 순서대로 하루에 한 개씩
떠오르게 되어 있었다. 태양은 양곡이란 곳의 부상이란 뽕나무에서 떠
올라 우연이란 연못에서 졌다. 어느 날 한꺼번에 10개의 해가 떠올라
곡식을 다 말려 죽였다. 그러자 뛰어난 솜씨를 가진 예가 활을 쏘아 9개
의 해를 떨어뜨렸다. 9개의 해는 죽어 까마귀가 되었다. 그 뒤부터 해
가 하나만 떠올랐다고 한다. 활을 쏘아 하늘의 해를 맞히는 신기한 솜
씨를 가진 이가 동이족의 시조인 예라고 한다. 그처럼 동이족은 활을
잘 쏘았다. 요즘처럼 더운 날 예처럼 해를 쏘아 더위를 없애볼까?

노창호의 힐링언더

대교약졸

훌륭한 기교는 졸렬하게 보인다.

노자에 나오는 말이다. 앞뒤가 안 맞는 말이다. 노자는 이렇게 모순되는 표현을 자주 사용한다. 재주가 뛰어나면 훌륭하게 보이는 게 일반적이지 않나? 사람이 조금 알고 있으면 잘 아는 척 한다. 아니 자기 실력 이상을 이야기한다. 남이 알아주지 않으니 오히려 더 열심히 알려야 조금이라도 알아준다. 그런데 진짜 실력이 있으면 어떨까? 굳이 자기 실력을 알릴 필요가 없다. 자기를 너무 알리면 교만하게 보일 수가 있다. 오히려 조금 모르는 듯 하는 것이 도움이 된다. 그러니 재주를 많이 가진 사람은 그 재주를 자랑하지 않으므로 좀 서투르게 보인다는 뜻이다. 좀 서투른 척 해야겠다. 그래야 상대방이 진짜 실력이 있는 줄 알테니까.

· 지혜 이야기 ·

마르탱 게르,
가짜

중세 **프랑스**의 **이야기다.**

마르탱 게르와 베르트랑드가 결혼한다. 그러나 마르탱은 적응하지 못
하고 집을 떠난다. 어느 날 실종되었던 남편이 귀환했다. 사실은 가짜
남편인 아르노였다. 베르트랑드는 가짜 남편과 행복한 결혼생활을 계
속한다. 그러나 삼촌은 아르노를 의심하고 소송을 한다. 1심에서는 아
르노가 패소하나 2심에서 거의 승소 직전까지 간다. 마지막 순간에 진
짜 남편이 나타난다. 가짜인 아르노는 사형당한다. 중세 프랑스에 있
었던 실화라고 한다. '섬머스비'란 영화로도 나왔다. 영화에서는 가짜
남편이 아내에게 묻는다. 자신이 가짜라는 것을 알고 있었느냐고. 아
내가 빙긋이 웃는 장면으로 영화는 끝이 난다. 한 인생을 함께 했던 사
람이 가짜로 밝혀지면 얼마나 황당할까?

노찬동의 **유머연**

진리

우리나라 사람들은 **노래**를 좋아한다.
아주 오래전부터 가무를 좋아했다. 이런 문화가 하루 아침에 이루어진
것은 아니다. 프랑스 사람들은 철학을 좋아하는 것 같다. 휴가철에 철
학책을 들고 가서 읽는다는 이야기도 있다. 무더위에 철학책이 어울린
다니 왠지 멋지다. 그러다 보니 뛰어난 철학자들이 많이 있다. 알랭 바
디유란 학자도 그런 사람이다. 바디유는 진리의 원천을 4가지로 설명
하는데 흥미롭다. 수학, 사랑, 예술, 정치를 진리의 원천이라고 본다.
수학과 예술을 진리의 원천으로 보는 것은 쉽게 이해가 간다. 사랑과
정치는 좀 낯설게 느껴진다. 정치도 기본적으로는 예술처럼 진리를 추
구해야 한다고 보는 것 같다. 진리를 추구하는 정치라, 멋지지 않은가?

처자 공유

지하철을 타면 **어린아이**를 아주 가끔 볼 수 있다. 심할 경우에는 차에 탄 사람의 절반 정도가 노인인 경우도 있다. 차 안에 어린아이가 나타나면 모두 기분 좋은 표정을 지으며 바라본다. 아이와 눈길이라도 한번 마주치고 싶어한다. 저출산으로 아이가 점점 줄어든다. 평균적으로 한 집에 아이가 둘이었다가 이제는 하나 정도이다. 좀 더 시간이 지나면 두 집에 아이가 하나가 될 지도 모르겠다. 이제 아이가 부모 개인의 아이가 아니라 사회의 공동아이가 된 것 같다. 플라톤이 이상국가의 조건으로 처자 공유를 이야기 했다. 우리 사회는 이제 아이를 공유하는 시대가 되어가고 있다. 플라톤이 살아있다면 이상 사회의 조건을 갖추었다고 할지도 모르겠다. 우리가 꿈꾸는 이상 사회는 무엇일까 곰곰이 생각해본다.

11 · 22

노창동의 힘있은 말씨

한글 토트

　　훈민정음 예의본에 보면 **한글** 창제의 **이유**가 **나온다.**
쉽게 익혀서 편하게 쓰자는 것이다. 이보다 멋진 말이 있을까? 그런데
오래 전에 문자의 필요성에 대해 논쟁이 있었던 것 같다. 파이드로스에
나오는 이야기다. 하루는 토트가 이집트의 타무스에게 찾아왔다. 토트
는 문자를 발명한 뛰어난 벤처인이었다. 그는 타무스에게 문자를 사서
백성들에게 배포할 것을 설득한다. 문자는 우리의 지혜와 기억력을 늘
려줄 수 있는 정말 좋은 물건이라고 입에 거품을 문다. 왕은 한참 듣더니
고개를 젓는다. 문자를 사용하게 되면 사람들이 기억력을 사용하지 않
게 된다. 그래서 사람들은 더 많은 것을 잊게 될 것이라면서 토트의 주장
을 반박한다. 과연 문자는 우리에게서 기억력을 빼앗아 가고 있는가?

프랑스계 캐나다인을 만났다.

그는 지금 부산의 한 대학에서 항공우주공학 교수로 일하고 있다. 생활, 학문 등을 주제로 이야기를 나누고 헤어질 때 가슴을 보니 배지가 눈에 띄었다. 국회의원이 된 것처럼 아주 자랑스럽게 배지를 달고 있었다. 무슨 배지냐고 물으니 가문의 상징이라고 했다. 우리도 가끔 어떤 종친회 배지를 달기도 하지만 특정 가문 배지를 다는 경우는 드물다. 어떤 가문이길래 저렇게 자부심을 가지고 배지를 달고 있을까? 그 교수는 정말 예의바르고 진지한 사람이라 조선 시대 양반이 환생한 느낌이 들었다.

우리나라에서는 **무슨 일**을 할 때
미국을 **기준**으로 삼는 경우가 **많다.**

유학을 가도 미국에 압도적으로 많이 간다. 장차관들의 이력서를 보
면 거의 미국에서 공부한 것으로 되어 있다. 대학 교수들도 미국 유학
파가 압도적이다. 우리가 보고 듣는 뉴스도 주로 미국의 이야기다. 그
런데 미국이 그렇게 표준이 될 만한 나라인가? 재소자의 수감 비율을
비교한 것이 있다. 인구 10만 명을 기준으로 최근 자료다. 미국의 경우
702명이라고 한다. 단연 세계 1위이다. 독일이 91명, 프랑스가 85명
이다. 일본이 53명으로 최저다. 우리나라의 경우 128명으로 상위권이
다. 미국의 경우 수감자만 200만 명이 넘는다. 복지비용으로 써야 할
돈을 재소자를 위해 쓰고 있다. 교도소 없으면 운영이 안 되는 불쌍한
나라다.

선진국, 투표율

선거할 때에 항상 **투표율**이 **문제**가 **된다.**

투표율에 따라 당락이 바뀔 수가 있기 때문이다. 투표율이 높아지면
일반적으로 젊은 층의 참가가 늘어나 진보 성향의 후보가 유리해진
다. 투표율이 낮으면 고정표가 많은 보수 성향의 후보가 유리해진다.
그런데 우리의 경우 전반적인 투표율이 매우 낮다. 그런데 선진국도
투표율이 낮다며 당연시하는 분위기가 있다. 사실은 어떤가? 전혀 그
렇지 않다. 선진국 중에서 우리보다 투표율이 낮은 나라는 거의 없다.
OECD 국가들의 투표율을 10년간 분석한 자료가 있다. 우리가 26등쯤
된다. 호주 같은 경우에는 의무투표제를 하고 있어 늘 90% 이상 투표
를 한다. 독일, 프랑스 등 유럽 국가도 우리보다 높다. 선진국도 투표
율이 낮다는 낭설을 누가 퍼뜨렸을까?

노창중의 **희망엽서**

정기 검사

아는 선배가 **자동차** 정기 검사를 **했다**고 한다.
차는 폐차 직전이지만 정기 검사를 받지 않으면 과태료를 내야하므로
검사를 받았다고 한다. 그런데 그 분은 고혈압으로 건강이 좋지 않은
편이지만 건강검진을 받았다는 이야기는 못 들었다. 게다가 매일 약주
를 마시는 편이라 아침이면 늘 속이 아프다는 이야기를 하곤 한다. 자
동차를 잘 사용하면 10년 정도는 탈 수 있다. 그런데 사람의 수명은 자
꾸 늘어나 이제 100세를 눈앞에 두고 있다. 자동차를 잘 관리하는 마음
으로 사람 몸을 관리하면 100세는 충분히 살 수 있을 것 같다. 그런데
선배님은 오늘도 약주로 속이 쓰리다고 한다. 자동차보다 내 몸이 더
중요한 것 아닌가?

잠룡

조선 시대 **왕**의 옷을 보면 **용**이 그려져 있다.
왕이 앉는 자리는 용상이고 얼굴은 용안이라고 했다. 왕을 용과 같은
인물로 보았다. 요즘은 대통령을 용에 비유한다. 언론에 잠룡이란 말
이 자주 등장한다. 잠룡이란 대통령이 될 가능성이 있는 사람을 말한
다. 잠룡이란 무슨 뜻일까? 잠룡이란 주역에 나오는 말로 물에 잠겨있
는 용을 말한다. 주역에서 잠룡은 물용이라고 한다. 잠겨있는 용은 아
직 준비가 되어 있지 않으므로 쓸모가 없다는 뜻이다. 잠룡이 쓸모가
없다고? 그렇다. 용은 하늘로 승천해야 진짜 용이 되는 것이다. 그렇
다면 용이 되면 좋을까? 용이 높이 올라가면 후회를 한다고 한다. 용이 되
어서는 안 될 사람이 용이 되면 후회가 더 많을 것이다. 국민들이 후회
하지 않을 만한 멋진 용이 나왔으면 좋겠다.

노창동의 희망엽서

| 초판 1쇄 인쇄일 | 2012년 10월 15일 |
| 초판 1쇄 발행일 | 2012년 10월 16일 |

지은이	노창동
펴낸이	정구형
출판이사	김성달
편집이사	박지연
책임편집	장정옥
본문편집/디자인	이하나 정유진 이원숙
마케팅	정찬용
영업관리	한미애 권준기 천수정 심소영
인쇄처	미래 프린팅
펴낸곳	북치는 마을

등록일 2006 11 02 제2007-12호
서울시 강동구 성내동 447-11 현영빌딩 2층
Tel 442-4623 Fax 442-4625
www.kookhak.co.kr
kookhak2001@hanmail.net

| ISBN | 978-89-93047-41-7 *03800 |
| 가격 | 12,000원 |

* 저자와의 협의하에 인지는 생략합니다.
북치는 마을은 **국학자료원**, **새미**의 자회사입니다.
잘못된 책은 구입하신 곳에서 교환하여 드립니다.